지금보다 더

좋은 사람, 행복한 사람이 될 그대

님께

드림

커피 한 잔에
교양 한 스푼

백 미 정 지음

dcb
대경북스

커피 한 잔에 교양 한 스푼

초판인쇄   2020년 10월 12일
초판발행   2020년 10월 15일
발 행 인   민유정
발 행 처   대경북스
ISBN   978-89-5676-836-6

등록번호 제 1-1003호
서울시 강동구 천중로42길 45(길동 379-15) 2F
전화: (02)485-1988, 485-2586~87 · 팩스: (02)485-1488
e-mail: dkbooks@chol.com · http://www.dkbooks.co.kr

프롤로그

불안한 엄마보다,
교양 있는 엄마가 되어

2020년 8월 5일. 예스24 검색창에 '엄마 교양'을 쳐 보니 관련 단어의 책이 딱 한 권 나온다. 2009년에 출판된, 출판사 대표님이 쓰신 책이다. '엄마'와 '교양'의 상관관계가 전무후무한 이유가 뭘까?

교양이란 '학문, 지식, 사회생활을 바탕으로 이루어지는 품위. 또는 문화에 대한 폭넓은 지식'을 뜻한다.

엄마의 학문은 시험 성적을 올리기 위한 학창 시절의 전유물로 끝이 났다.

엄마의 지식은 '자식', '남편', '친정', '시댁'이라는 단어를 지키기 위해 가해자가 누군지도 모른 채 잡아 먹힌 지 오래되었다.

엄마의 사회생활은 일터나 놀이터로 한정되어 있고 스트레스를 풀기 위한 커피숍에서의 대화 정도가 사회생활로서 명목을 유지해 가고 있다.

　　고로, 엄마를 주체로 해서 품위니 문화에 대한 폭넓은 지식이니 교양을 논하는 자체가 현실과 맞지 않는다는 뜻이다.

　　이즈음에서 엄마들에게 질문을 해 보려 한다.

　　'엄마'와 가장 잘 어울리는, 행복의 감정을 장착하고 있는 단어는 무엇일까.

　　돈? 엄마 마음대로 쓸 수 없다.

　　자식? 행복과 동시에, 행복과 반대되는 온갖 것들도 가지고 있는 존재다.

　　남편? 할 말 없고.

　　잠? 마음껏 누려도 불편하고 마음껏 누리지 못해도 불편하다.

　　커피? 우아하기 위해 마시는가, 다음으로 해야 하는 일의 추진력을 위해 마시는가.

　　마땅한 단어를 찾지 못하겠다. 엄마란 존재는, 그렇다.

　　억울했다. 이도 저도 안 되고, 애매한 삶을 짊어지고 사는 엄마들과 함께, 어차피 힘든 거, 고상하기라도 하자, 싶었다. '철학, 양육, 글쓰기, 시(詩), 사회, 존엄'을 통해 "우리 엄마들도 뭘 좀 알거든?"

자신감을 나누고 싶었다. 실망스럽고 소중한 존재, '엄마인 나'에게 글과 함께 우아함이라는 보상 심리를 채우고 싶었다.

'교양'이라는 주제로 독자들에게 손 내밀려니, 내 능력에 부끄럽고 타인의 평가가 어떠할까 두려운 마음이 들었다. 그래도 용기를 선택하게 된 건, 좋은 것을 나누는 행위가 나의 부끄러움과 두려움보다 더 큰 가치가 있다는 믿음 덕분이었다.

> 작가의 가장 중요한 의무는 독자를 사랑하고 독자의 안녕을 빌어주는 것이다.

뭐하시는 분인지, 생존하고 계신 분인지 모를 엘렌 질크리스트가 한 말이다.

나는 전작에서 작가는 가르치는 자가 아닌 나누는 자로서, 글로나 자신을 표현하는 만큼 독자에게도 관심을 가져야 한다고 주장한 바 있다. 글을 쓴다는 것, 나 자신을 위해 시작했던 일일지라도 어느 시점부터는 타인과 동행해야 하는 일이다.

엄마가 교양을 가져야 하는 이유와 비슷하다. 혼자 사는 세상이 아니라서 그렇다. 타인인 나의 자식들, 그리고 주변 사람들과 동행하기 위해서이다. 엄마가 교양을 쌓는다는 건 '누이 좋고 매부 좋다'

는 일석이조의 효과가 있다. 엄마로서 우아함과 고상함도 지니면서 나 자신을 사포질하며 변화·성장시켜 준다. 교양을 장착하는 것은 '엄마'라는 정체성을 단단히 고정시켜 주면서, 동시에 '나 자신'을 지켜나갈 수 있는 최적의 방법이다.

불안한 엄마보다 교양 있는 엄마가 되어 나도 매력 있는 여자임을, 나도 엄마이기 이전에 사회의 한 존재임을 가족과 세상 앞에서 똑똑히 보여 주자. 교양은 개발하고 유지시켜야 하는, 노력하고 공부할 만한 좋은 것이다.

그래서 마지막 나의 제안은 이러하다.

《커피 한 잔에 교양 한 스푼》
어떠세요?

차 례

1장

엄마와 철학

철학을 공부한다는 것은

앞선 철학자처럼 살아보기 위한 것이 아니다.

그 철학자가

철학적 사유의 결과물인 이론을 남길 때 사용했던

바로 그 높이의 시선을

자신의 삶 속에서 한번 사용해 보는 것이다.

- 최진석 《탁월한 사유의 시선》 21세기북스 -

1. 철학적으로 질문 바꾸기

: 좋은 엄마, 행복한 엄마가 될 수 있는 방법

'철학'이란 용어는 일본 메이지 시대의 철학자이자 교육자였던 니시 아마네가 1874년, 《백인신론》이라는 책에서 처음으로 사용했다. 철학을 뜻하는 영어의 '필로소피philosophy'는 그리스어 '필로소피아philosophia'에서 유래했다. '필로'는 '사랑하다, 좋아하다'라는 뜻이고, '소피아'는 '지혜'라는 뜻이다. 즉, 철학은 '지혜를 사랑하는 학문'을 의미한다.

니시 아마네
(1829~1897)

자신의 경험에서 얻은 인생관, 세계관, 신조

인간과 세계에 대한 근본 원리와 삶의 본질 따위를 연구하는 학문

인간이 세계를 이해하고 관리하고 통제하기 위해 만든 효율적인 장치

세계와 인간의 본성을 고찰하는 행위

어떤 것에 대해 질문하고, 그 질문에 대해 끊임없이 생각하고,
그것에 대한 답을 찾기 위해 계속해서 노력하는 것

위 내용들과 같이 철학의 개념은 역사를 거치면서 사람마다 다르게 표현하지만 모든 개념들이 고개를 끄덕거릴 만하다. 그래서 철학의 개념들을 묵상하면서 내가 생각하는 철학이란 무엇인지 정의를 내려 보았다.

'주도적인 삶을 살아가기 위해 인간과 관련된 세계의 본질을 지속적으로 탐구하는 것.'

나는 '본질'이란 단어를 좋아한다. 때론 '마음의 중심'이나 '동기'라는 단어로 바꾸어 보기도 한다. 이 단어들은 '철학'과 닮아 있다('철학'과 같은 뜻이라 해도 공감한다).

레고 회사 이야기를 통해 철학의 의미, 철학과 닮아 있는 단어들의 의미를 자세히 알아보자.

1998년에 들이닥친 아시아와 러시아의 외환위기, 그리고 전자오락과 CD 게임 등의 출현으로 완구 회사 레고는 처음으로 적자를 기록하게 된다. 그리하여 레고 회사 역시 비디오게임 시장을 개척했고, 조립하지 않고 바로 가지고 놀 수 있는 장난감들을 만들었다. 그러나 이러한 레고의 선택은, 사상 최대 규모의 적자라는 참담함을 가져왔다.

레고 회사는 해결책을 모색하기 위해 덴마크의 한 컨설팅 회사를 찾아간다. 이 회사는 고객의 문제를 철학적으로 접근하여 해결해 주는 것으로 유명했다.

'아이들은 어떤 장난감을 선호하는가?'

이것은 레고 회사의 질문이었다.

그렇다면 컨설팅 회사의 철학적인 질문은 어떤 것이었을까?

그것은 바로 '아이들에게 놀이란 무엇인가?'였다.

레고 회사는 컨설팅 회사의 철학적 질문과 함께 아이들을 관찰하고 인터뷰하면서 새로운 사실을 발견하게 된다. 아이들은 즉각적인 반응과 결과를 알 수 있는 놀이 외에도, 시간을 투자하여 조금 더 어려운 것을 배워나가고 성취하는 놀이에서도 즐거움을 느낀다는 것이었다. 그래서 레고 회사는 힘과 시간이 더 들지만 어린이 스스로 성취감을 느낄 수 있는 블록 장난감을 개발하게 되었고, 지금은 세계에서 6번째로 큰 완구회사로 성장했다.

철학이란 '주도적인 삶을 살아가기 위해 인간과 관련되어 있는 세계의 본질을 지속적으로 탐구하는 것'이라고 정의를 내렸던 나의 생각을 레고 회사에 맞추어 변형시켜 보겠다. 철학이란 '새로운 해결책을 모색하기 위해 문제의 중심에 있는 어린이라는 존재의 본질을 지속적으로 탐구하는 것'이다.

레고 회사가 '아이들은 어떤 장난감을 선호하는가?'라는 단편적인 질문을, '아이들에게 놀이란 무엇인가?'라는 철학적인 질문으로 바꾼 것은 변화를 위해 반드시 필요한 작업이었다.

20세기 동안 사람들은 이 심리학자의 논문을 가장 많이 인용했다고 한다. 사회심리학의 창시자인 독일 출신의 미국 심리학자 쿠르트 레빈이다. 레빈은 사고방식이 고착되어 있는 조직이 변화하기 위해서는 '해동-혼란-재동결' 과정을 거쳐야 한다고 주장했다.

Kurt Lewin
(1890~1947)

여기서 흥미로운 점은 변화 과정의 시작점에 '해동'이 있다는 것이다. 해동은 무엇인가를 '끝낸다'라는 의미를 담고 있다. 우리가 새로운 무언가를 하려고 할 때, 앞으로 해야 할 일을 생각하게 되는지 아니면 앞으로 하지 말아야 할 일을 생각하게 되는지 떠올려 본다면 '해동'의 과정이 얼마나 참신한 것인지 알 수 있다.

레빈은 변화를 위해 가장 먼저 해야 할 일은, 무엇을 하느냐 보다 무엇을 하지 않느냐가 더 중요하다는 것을 가르쳐 주었다. 결국 '질문 바꾸기'이다.

우리는 좋은 엄마가 되고 싶어 한다. 행복한 엄마도 되고 싶어 한다. 훌륭한 목표다. 그러나 목표를 달성하기 위한 현실은 달갑지 않고, 방법 또한 두루뭉술하며, 불가능한 영역이라 여겨진다. 우리도 질문을 바꾸어 보자.

좋은 엄마, 행복한 엄마가 되기 위해서는 무엇을 해야 할까?(어떻게 해야 할까?)

내가 생각하는 좋은 엄마, 행복한 엄마란 무엇인가?
좋은 엄마, 행복한 엄마가 되기 위해서는 무엇을 하지 말아야 할까?

내가 생각하는 좋은 엄마란,
10번 해야 하는 잔소리를 2번으로 줄여서 하는 엄마이다.
내가 생각하는 행복한 엄마란,
'밥해야 하는 나'와 '글쓰고 싶어 하는 나'의 밸런스를 맞출 줄 아는 사람이다.
좋은 엄마가 되기 위해서는,
자녀에게 막말(형제 또는 친구와 비교하는 말, 비난하는 말, 책임을 전가하는 말, 존재를 부정하는 말, 협박, 욕설, 눈흘김이나 손가락질 등의 비언어적인 요소도 포함된다)하지 않으면 된다.
자녀의 타고난 기질을 무시하지 않으면 된다.
자녀의 능력 밖의 일들을 기대하지 않으면 된다.

행복한 엄마가 되기 위해서는,

자녀에게 집착하지 않으면 된다.

신세한탄하지 않으면 된다.

책임감을 놓지 않으면 된다.

지극히 주관적인 견해이지만 이것들만 하지 않아도 좋은 엄마, 행복한 엄마가 될 수 있다.

새로운 해결책을 찾기 위해서는, 철학을 알기 위해서는, 본질을 꿰뚫어 보기 위해서는, 마음의 중심이 무엇인지 진실해지기 위해서는 기존의 생각과 틀을 벗어야 한다. 타인의 말에 경청하고 대상을 관찰함으로써 배움의 자세를 가져야 한다. 한 문장으로 요약하면 역시 '질문 바꾸기'이다.

좋은 엄마, 행복한 엄마가 될 수 있는 방법은 '무엇을 하느냐'에서 '무엇을 안 하느냐'로 질문을 바꾸어 '엄마의 본질'과 '끝내야 할 말과 행동'을 찾아보는 것이다.

내 삶을 주도적으로 살아가는 엄마, 엄마인 나 자신의 본질을 탐구해 가는 엄마, 자녀의 본질을 탐구해 가는 엄마, 그래서 철학적인 엄마가 되어 보는 것, 썩 괜찮지 않은가?

좋은 엄마, 행복한 엄마가 되기 위해

1. 내가 생각하는 '좋은 엄마'에 대해 정의를 내려 보자.(아이에게 포인트 두기)

_____

2. 내가 생각하는 '행복한 엄마'에 대해 정의를 내려 보자.(엄마에게 포인트 두기)

_____

3. 좋은 엄마가 되기 위해 내가 하지 말아야 할 것 한 가지를 써 보자.

예 : 아이의 머리를 쥐어박으려고 하는 제스처를 하지 않는다.

_____

4. 행복한 엄마가 되기 위해 내가 하지 말아야 할 것 한 가지를 써 보자.

예 : "아이고, 내 팔자야"라는 말을 하지 않는다.

_____

2. 르상티망

: 엄마의 말 습관이 바뀌려면

'학원에 갈 필요 없어. 교과서 보고 문제집만 풀면 돼.'

엄마인 나의 르상티망이다. 르상티망이란 약한 위치에 있는 자가 강한 위치에 있는 자에게 가지는 원망, 질투, 증오, 열등감 등이 섞여 있는 감정을 말한다. 독일의 철학자이자 고전 문헌학자인 프리드리히 니체가 제시한 르상티망은, 앞에서 열거한 감정들과 함께 행동까지도 포함하는 폭넓은 개념을 가지고 있다.

Friedrich Wilhelm
Nietzsche
(1844~1900)

'소와 사자' 우화를 소개해 본다.

소와 사자는 서로 사랑하는 사이였다. 소는 자신이 좋아하는 음식인 풀을 사자에게 열심히 가져다주었고, 사자는 자신이 좋아하는 음식인 고기를 소에게 열심히 가져다주었다. 각자가 먹기 곤란한 음식이었지만 거절하면 사랑하는 상대가 상처를 받을까 봐, 소와 사자는 기쁜 척하며 억지로 음식을 먹기도 하고, 맛있게 먹는 시늉을 보이다 몰래 뱉어내기도 했다.

하루가 지나고 이틀이 지나고, 한 달이 지났다. 소와 사자는 몸에 맞지 않는 음식을 먹어댔던 통에 탈이 났다. 그리고 상대의 감정을 배려했던 소와 사자의 마음은 원망과 증오로 바뀌게 되었다.

'어쩜 이렇게도 나를 모를 수가 있어?'

'내가 비쩍 말라가는 모습을 보고도 걱정이 안 되나 보지?'

'설마 내가 죽기를 바라고 있는 거 아냐?'

원망과 증오는 불신이 되었고, 사랑은 식을 대로 식어 버렸다. 결국 소와 사자는 이별을 택했고 각자의 길을 떠나며 서로를 향해 동시에 똑같은 말을 했다.

"난, 최선을 다했어."

소와 사자는 르상티망에 빠져 있었다. 자신의 마음을 몰라줬던 상대를 원망하고 증오하더니, 자신은 최선을 다했다는 자기 합리화로

왜곡된 감정과 해석을 진실로 삼아 버렸다. 진짜 서로를 위했다면 '왜'라는 질문과 '어떻게'라는 방법으로 대화를 했어야 했다. 소와 사자가 서로에게 하지 않았던 질문, 찾지 못했던 방법을 나에게 적용시켜 본다.

'학원에 갈 필요 없어. 교과서 보고 문제집만 풀면 돼.'

아들 셋을 키우며 지금까지 내가 가지고 있는 생각이다. 백 퍼센트 틀린 생각은 아니다. 그런데 이 생각을 말로 표현하기까지 내 마음 상태, 생각이 말로 표현된 형태가 잘못되었다.

학원은 '갈 필요가 없는 곳'이 아니다. 학교 공부를 보충해야 할 때, 심화 과정이 필요할 때, 기타 다른 이유를 충족시키고자 한다면 얼마든지 가야 하는 또는 갈 수 있는 곳이다. 내가 학원을 갈 필요 없는 곳이라 단정지어 말하게 된 의식에는 열등감이 숨어 있었다.

남편은 교회 전도사로, 우리 가정은 사역자 가정이다. 평균 이하의 생활비로 다섯 식구가 살아온 지 18년이 되었다. '우리는 하나님께 선택받았어. 이 정도 가난은 거룩한 마음으로 감수해야지', '난 돈이 싫어. 돈 없어도 괜찮아'라는 생각으로 가난을 거짓된 긍정으로 그럴싸하게 포장했다. 신을 위해, 타인을 위해 우리 가정의 가난을 정당화시켜 우월감을 가지고 싶은 마음이 강했다(이 즈음에서 프랜시스 베

이컨의 "부를 얻을 가망이 없는 사람들이 부
를 경멸한다"라는 글도 읽게 되었다).

수많은 자녀 교육서에는 '엄마가 아이
에게 절대로 해서는 안 되는 말이 있다',
'엄마의 말이 아이의 미래를 결정한다',
'엄마도 말을 공부해야 한다' 등 엄마의
말에 대한 가르침을 주고 있다. 본질을
향해 들어가 보자.

Francis Bacon
(1561~1626)

엄마의 말이 바뀌려면 엄마의 르상티망을 먼저 발견할 수 있어야
한다. 엄마의 열등감, 질투, 분노의 뿌리를 찾아 보아야 한다는 것
이다. 그래야만 학원 전체를 부정하는 말이 아닌, "학원은 가도 좋
고 안 가도 좋아." 또는 "엄마가 돈이 없는데 학원 보내 달라고 조르
지 않아서 고마워"라는, 자녀에게 선택권을 주거나 집안 형편을 고
려해 주는 자녀에게 감사한 마음을 말로 표현할 줄 아는 엄마가 될
수 있다.

한 가지 예를 더 들어 보겠다.

"넌 어쩜 그리 멍청한 것도 니 아빠를 닮았니?"라는 말을 하는 엄
마의 르상티망은 무엇일까. 남편을 향한 분노이다. 남편에게 쏟아내
지 못하는 마음의 소리를, 엄마 마음대로 남편과 동일시해 버린 자

녀에게 상처가 되는 말로 표현한 것이다. 이것을 엄마 스스로 깨달아야만 남편과 자녀를 각각의 인격체로 분리해서 "조금 더 나은 방법을 생각해 보자"라고 말할 수 있게 된다.

나의 르상티망을 찾아야 한다는 것은 부끄럽고 아픈 마음이 드는 작업이다. 그러나 우리는 삶과 자녀를 모른 척할 수 없다. 원인에 침잠되어 있을 수 없다. 해결책을 배척할 수 없다. 자녀를 가르치고 키우는 엄마이다. 자녀와 함께 성장하고 있는 엄마이다.

나에게 진실할 수 있도록, 자녀에게 센스 있는 말을 하는 엄마가 될 수 있도록, 나의 르상티망을 성찰해 보자.

르상티망을 발견하기 위해

1. 유난히 화가 나는 상황을 써 보자. 예 : 아이가 "싫어"라고 대꾸하면 화가 난다.

_____

2. 왜 화가 나는지 이유를 써 보자. 예 : 엄마인 나를 무시하는 것 같다.

_____

3. '분노'의 감정을 양파 까듯이 하나하나 벗겨 보는 상상을 하며, 좀 더 깊은 감정까지 내려가 보자. 그리고 '분노' 이외에 발견하게 된 감정을 써 보자. 예 : 억울함

---

4. 위의 감정을 느끼게 되었던 상황이나 이유를 써 보자.

예 : 부모님의 크고 잦은 싸움 속에서 불안하고 두려운 감정을 느끼며 성장했다. 부모님께 반항 한번 하지 않았다. 그런데 내가 부모님께 하지 못했던 "싫어"라는 말을 내 아이는 한다. 억울하고 분하다.

---

5. 여기까지 쓰다니, 대단하다! 그럼 이제, 앞으로 좀 더 나은 말과 행동을 선택하는 엄마가 되기 위한 방법을 써 보자.

예 : 자녀가 "싫어"라고 말하면 왜 싫은지, 자녀가 생각하고 있는 또 다른 방법은 무엇인지 대화를 나누어 본다. 싫어도 엄마 말을 따라야 할 상황이면 타당한 이유를 말해 준다.

3. 엄마는 생각한다. 고로 엄마는 존재한다

: 모든 가르침을 의심하라

7세 이전에 형성된 인격이 평생을 좌우한다.

수학 성적, 초등 4학년에 잡아라.

아이의 감정을 읽어 주어라.

자녀 교육서에서 심심찮게 볼 수 있는 내용이다. 주체를 엄마로 바꾸되, 자녀는 배제하고 이 말들을 다시 써 보겠다.

7세 이전에 형성된 인격이 평생을 좌우한다.

·····▶ 30세 이전에 익힌 삶의 태도가 평생을 좌우한다.

수학 성적, 초등 4학년에 잡아라.
·····▶ 요리 실력, 대학 4학년에 잡아라.

아이의 감정을 읽어 주어라.
·····▶ 남편의 감정을 읽어 주어라.

삶의 태도는 평생에 걸쳐 배우면서 변한다.

요리 실력 또한 내가 요리를 좋아하느냐 좋아하지 않느냐에 따라, 어떤 스승을 만나느냐에 따라, 재료와 도구에 따라 달라질 수 있다.

남편의 감정을 읽어 주라니, 내 감정 알기도 바쁘다.

"자기는 지금 불안해 보여. 그러니까 30분 휴식이 필요한 시점이야. 어서 자리에 누워."

"자기는 지금 공감 받고 싶어 하는구나."

"자기는 지금 무언가에 들떠 있구나."

배우자가 시도 때도 없이 나를 보고 이런 말들을 한다면, 섬뜩할 것 같다. 감시받는 기분도 든다. 날 좀 내버려 두라고 소리치고 싶기도 하다.

나 자신에게 '좋은 엄마'라는 칭호를 붙여줄 수 있으려면, 교육 전문가들의 말을 무조건 따라야 한다고 생각했다. 그리고 나름, 노력도 했다.

수학 문제집의 답지를 내가 먼저 보고 난 후, 아들이 이해하기 어려워 하는 문제를 차근차근 재차 설명해 주었다. 풀이 과정을 이해하지 못하는 아이에게 목소리를 높이지 않는 건, 도를 닦는 일이었다. 아이의 감정을 읽어 주라 하기에 시무룩해 보이는 아이에게 다가가,

"기분이 안 좋아 보이네. 무슨 일 있었는지 엄마한테 말해 볼래?"
따스한 목소리로 물어 보았다. 아이의 대답은 이러했다.

"아무 일 없는데? 기분도 좋고."

헛다리 짚는 횟수들이 늘어갈수록 엄마로서 가지게 되는 좌절감은 커져만 갔다. 나는 형편없는 엄마인가.

"나는 생각한다. 고로 나는 존재한다."

데카르트가 남긴 유명한 말이다. 사람들은 말한다. 당연한 말을 뭘 그렇게 위대하게 여기냐고. 결론만 보면 그러하다. 데카르트가 위 두 문장을 도출해 내기까지 과정을 살펴보자.

17세기, 30년 전쟁(독일을 무대로 신교인 프로테스탄트와 구교인 가

톨릭 간에 벌어진 종교전쟁)이 진행되고 있던 시기를 살았던 데카르트는 오랜 전쟁으로 혼란스러워진 시대를 극복하기 위해서는 변치 않는 '절대적 진리'가 필요하다고 생각했다. 절대적 진리를 찾기 위해 데카르트가 선택한 방법이 '모든 것을 의심하자'였다. 데카르트는 감각을 통해 알게 되는 지식의 오류

René Descartes
(1596~1650)

들뿐만 아니라 자연과학, 수학, 기하학 모든 영역들을 의심했다. 심지어 '1+2는 4일 수도 있는데, 악마가 우리를 속이기 위해 1+2가 3인 것처럼 생각을 바꾸어 놓은 게 아닌가'라는 의심까지 했다.

끝이 없는 의심의 과정 속에서 결국 데카르트는 절대적인 진리 하나를 발견하게 된다. 그것이 바로 "나는 생각한다. 고로 나는 존재한다"였다. '나는 생각을 하고 있는 것이 맞는가'라는 생각 자체가 생각이며, 생각을 한다는 것은 존재를 증명해 주고 있기에 반박할 요소가 없다.

데카르트가 유명한 이 말을 발견하기까지는 시대를 향한 회한과 책임, 합리적인 해결책을 향한 의심하는 자세, 진리(적어도 본인에게 만큼은)를 발견하고자 하는 열정과 헌신이 있었다.

다시 '엄마'인 우리에게 초점을 맞추어 보자. 그리고 내가 읽었던 자녀 양육서 가르침 중 하나를 의심해 보자. 저자가 주장하고 있는 문장 하나를 도출해 내기까지, 과정 속에 진심이 읽히는지 생각해 보자. 생김새만큼이나 모두 다르게 가지고 있는 기질과 인격을 한두 가지 카테고리 안에 묶어서 천편일률적인 가르침을 따라 교육해야 한다는 것, 이상하지 않은가.

이 세상에 한 명뿐인 엄마인 나와 이 세상에 한 명뿐인 내 아이의 관계 속에서만 성립되는 단 하나의 명제가 있어야 한다. 우리는 그 하나를 찾기 위해 자녀 양육서를 읽고 공부하는 것이다. 엄마의 죄책감을 덜어내기 위한 이유만으로, 전문가가 하는 말이라는 이유만으로 아무런 의심 없이 책 속의 가르침들을 수용해서는 안 된다.

무언가를 '잘'하기 위해서는, 누군가와 '행복'하기 위해서는 대상을 연구하고 고민하는 과정들을 거쳐 나만의 고집스런 명언 하나를 만들어 내야 한다. 의심과 불안이 동반되는 일이다. 그러나 우리는 생각하는 존재들이다. 아이를 양육하는 존재들이다. 나와 자녀에게만 성립되는 명언 한 줄 만드는 일, 그것이 엄마인 나의 과업이다.

생각하며, 존재하며, 모든 가르침을 의심하자.

생각하는 존재가 되기 위해

1. 자녀 양육서 내용 중 의심이 가는 문장 하나를 찾아보자.

　예 : "놀이터에서 아이와 자주 놀아 주어라."

_____

2. 왜 의심을 하게 되었는지 이유를 써 보자.

　예 : 우리 아이는 놀이터에서 노는 것을 싫어한다. 독서를 좋아한다.

_____

3. 의심이 가는 문장 하나는 어떤 엄마와 아이에게 맞는 내용인지 생각해
보자.

　예 : 외출하는 것을 좋아하는 전업주부와 활동적인 아이

_____

4. 나와 내 아이에게 맞는 양육 방법을 찾기 위해서는 무엇을 알아야 하는지
생각해 보자.

　예 : 아이의 기질, 엄마의 기질, 지금의 환경, 서로의 생활 패턴, 공통적으로 좋아하는 취
미나 대화 내용

_____

5. 나와 내 아이만을 위한 명언 한 줄을 만들어 보자.

　예 : 놀이터와 서점, 아이의 기질에 따라 천국이 될 수도 있고 지옥이 될 수도 있다.

_____

4. 마르크스의 사랑을 반대합니다

: 부모 자식 간 사랑, 적당히 합시다

"당신이 사랑을 하면서도 되돌아오는 사랑을 불러 일으키지 못한다면, 즉 사랑으로서의 당신의 사랑이 되돌아오는 사랑을 생산하지 못한다면, 그리고 당신이 사랑하는 인간으로서의 당신의 생활 표현을 통해서 당신을 사랑받는 인간으로 만들지 못한다면, 당신의 사랑은 무력하며 하나의 불행이다."

《경제학·철학 수고》는 마르크스가 26살이었던 1844년에 쓴 책이다. 교환되지 않고 관계되지 않는 사랑은 불행이라고 말하는 위 내용은, 인간으로서 정서

Karl Marx
(1818~1883))

적 교감을 나눌 수 없는 무능을 권력으로 덮어버리는 사람들과 사회를 비판하고 있다.

집필 당시 시대적 분위기와 저자가 마르크스인 것을 배제하고 '주고받는 사랑'에 대해서 생각해 보려 한다. 주체는 '부모와 자식'이다.

부모가 자식에게 사랑을 표현하는 행위를 할 때부터 혹은 '자식의 성장'이라는 일정 시간이 지난 후, 부모인 나에게 자식이 어떤 사랑을 줄까 바라게 된다는 건 인간이니까 가질 수 있는 생각이고 감정이다. 그리고 의문이 생긴다.

사랑은 주고받아야 완성되는 것인가? 인간의 본능에 따라 줬으니 받아야 하는 사랑이 정석인가, 아니면, 상대방이 누구냐, 어떤 사랑이냐에 따라 해석을 달리해야 하는 일인가?

부모가 자녀에게 사랑을 표현하는 그 순간에는 오로지 주는 것만 생각한다. 시간이 지났다. 자녀가 장성했다. 안부가 뜸하다. 특별한 날 받게 된 선물이 생각했던 그것이 아니다. 옆집 사는 아주머니의 자식과 내 자식이 비교된다. 그러면 부모는 그간 자녀에게 주었던 사랑의 양과 질을 하나하나 떠올리며 '주는 사랑'에서 '받는 사랑'까지 생각을 확장시킨다. 내가 널 어떻게 키웠는데, 자식 키워 봤자 아무 소용이 없다는 말과 함께.

부모 세계에서 전설 같은 말이 있다.

"니랑 똑같은 자식 낳아서 키워 봐야 부모 마음을 알지."

나 같은 자식들을 낳았고 지금도 키우고 있는데, 내 부모의 마음을 알려면 시간이 더 필요하다. 어쩌면 내가 죽기 직전까지도 모를 수 있고.

나를 정당화시키기 위해 지금부터 나는 노력 중이다. 엄마로서 나는 자식들에게 올인하는 사랑을 하지 않는다. 자식들이 내 인생의 전부인 것 마냥, 희생과 헌신의 아이콘 외에 또 다른 별칭이 없는 엄마처럼 굴지 않겠다는 뜻이다. 그러니 내가 앞으로 자식들에게 받을 사랑에 대해서도 기대하거나 예측하지 않는다. 이러한 가치관 역시, '기브 앤 테이크'라는 자본주의 공식에서 벗어날 수 없지만 말이다.

어쨌든 재단되지 않은 무한한 사랑을 준 주체인 부모가 자녀에게 보상 심리를 가지게 될 그 시점을 최대한 늦추어 보려 한다. 자식 때문에 불행한 부모가 되느니, 세상 때문에 불행한 사람이 되는 게 나을 듯하다.

부모 자식 간의 사랑, 적당히 했으면 한다. 그래서 남아 있는 '절반의 적당히'를 엄마인 '나의 교양'을 위해 투자했으면 한다.

엄마의 교양을 위해, 적당한 자식 사랑을 위해

1. 내가 생각해도 자녀에게 넘치는 관심을 보이고 있는 영역이나 상황을
생각해 보자.(아이가 스트레스 받는 듯한 모습을 보였던 경험)

예 : 공부 / 아이가 책을 읽고 나면, 무엇을 깨닫게 되었는지 꼭 물어보고 어떻게든 답을
듣는다.

_____

2. 엄마인 내가 보였던 관심의 표현으로 아이가 성장하고 있거나 행복하다
고 생각하는가?

_____

3. 2번 질문에 대한 답을 그렇게 쓴 이유는 무엇인가?

_____

4. 잊고 있었던 나의 꿈이나 지금이라도 배워 보고 싶은 분야는?

예 : 시 쓰기, 바리스타, 피아노

_____

5. 4번에 쓴 내용을 실천하기 위해 지금 당장 할 수 있는 일은?

예 : 시집 구입하기, 학원 알아보기, 관련 검색어로 유튜브 보기

_____

5. 3대의 시시포스의 바위

: 엄마의 삶 재해석하기

그리스 신화에 나오는 코린토스의 왕, 시시포스. 그는 제우스의 분노를 사게 되어 저승에 가야 했지만 저승의 신 하데스를 속이고 장수를 누렸다. 그리하여 시시포스는 바위를 산꼭대기까지 올리고 난 후 정상에 닿기 직전 아래로 굴러 떨어뜨리는 형벌을 받게 된다.

혹자는 이야기한다. 시시포스가 버텨냈던 삶, 반복했던 삶은 무의미한 것이라고. 일본어 사전에는 시시포스의 바위가 '헛된 노력의 비유'라고 표현해 놓기도 했다.

"시시포스는 절망적인 상황에서도 전진한 영웅의 본보기다. 인간에게 절망에 맞서는 능력이 없었다면, 베토벤이나 렘브란트, 미켈란

젤로, 단테, 괴테 그리고 문화를 발전시킨 다
른 위인들은 없었을 것이다."

미국의 실존주의 상담사였던 롤로 메이는
그의 저서 《신화를 찾는 인간》에서 위와 같
이 저술하고 있다.

"시시포스 그의 운명은 그의 것이다. 그의 바위는 그의 것이다. 이
와 마찬가지로 부조리의 인간은 자기의 고통을 주시할 때 모든 우상
을 침묵케 한다."

노벨문학상 수상자이자 프랑스의 극작가,
알베르 카뮈는 《시시포스의 신화》에서 바위
가 시시포스의 삶의 의미를 부여하고 있다
며, 정상을 가기 위해 노력하는 그 자체만으
로도 충만한 삶이라 이야기한다.

Albert Camus
(1913년~1960)

나는 시시포스의 바위를 성실과 희망으로 해석한 롤로 메이와
알베르 카뮈에게 한 표를 던진다. 알람소리·밥·빨래·걸레·아이
들·숙제·잔소리에 갇혀 버린, 시시포스의 바위 같은 엄마인 내 삶
을 연민하며 '평범함이 비범함이다'라는 멋들어진 말을 붙여 보고

싶기 때문이다.

무엇이 진실인지 중요하지 않다. 내가 엄마로 살고 있다는 사실이 중요한 것이다. 시시포스의 바위 정도, 괜찮다. 지금까지 잘 굴려 왔고 잘 버티었다. 지금처럼 내일도 모레도 10년 후에도 잘 굴리면서 잘 버틸 것이다.

"니나 내나 참, 우찌 살아왔는지 모르그따."

엄마의 전화다. 매번 엄마 삶의 넋두리만 늘어 놓았는데, 오늘은 대뜸 나도 끼워주는 선처를 베풀었다. 엄마와 다른 산에서, 떨어뜨리기도 하고 받치고도 있던 나의 바위가 엄마에게 보였나 보다.

"그래도 내가 엄마한테 비교가 되나?" 나는 조금의 진심만 빼고 답했다.

그저 살다 보면 살아진다.
그 말 무슨 뜻인지 몰라도 기분이 좋아지는 주문 같아.
그저 살다 보면 살아진다.
눈을 감고 바람을 느껴봐. 엄마가 쓰다듬던 손길이야.

뮤지컬 서편제에 나오는 '살다 보면' 가사.

오늘 나는 엄마의 손길을 제대로 느꼈다. 그리고 아들 셋에게 마음의 시선을 돌려서 고정시켜 본다.

20여 년간 어렴풋이 지켜 보았던 엄마의 바위가 나에게, 살다 보면 살아졌던 마법의 주문이 되어주었듯 내 아이들이 자신들만의 바위를 만나게 되었을 때, 나의 손길을 느낄 수 있도록 지금의 바위를 더욱 내 것으로 삼아본다. 3대째 내려가게 될 시시포스의 바위, 이까짓 것 뭐, 내 인생으로 쳐 주겠다. 이런 각오가 행복이라면 행복이기도 하니.

나의 시시포스의 바위를 재해석하기 위해

1. 반복하면서 버티어 내고 있는 내 삶의 모양(시시포스의 바위)

예 : 빠듯한 생활비로 기본적인 의식주 외에 아이들에게 또 다른 무언가를 사 주지 못하는 형편

_____

2. 나의 시시포스의 바위를 생각하면 드는 생각이나 감정

예 : '언제쯤 경제적으로 여유로운 생활을 할 수 있을까…….'

_____

3. 내 엄마의 삶, 또는 인생의 멘토가 가지고 있었을 법한 시시포스의 바위

예 : 술주정하고 폭력적이었던 아빠

---

4. 그들은 어떤 다짐이나 각오로 시시포스의 바위를 견디어 냈을까?

예 : 자식들을 버리면 안 된다는 생각

---

5. 내가 견디고 있는 시시포스의 바위가 내 아이들이나 주변 사람들에게 어떻게 보이면 좋을까?

예 : 형편에 맞게, 분수에 넘치지 않게 잘 살아내고 있는 모습

---

6. 나의 시시포스의 바위 재해석하기

예 : 없는 것에 집중해서 한탄하거나 원망하는 삶이 아니라, 있는 것에 집중해서 감사하고 겸손한 마음 가지기

---

6. 니체 옆에서 '타타타' 노래 부르기
: 자녀를 아름답게 바라볼 수 있는 방법

"쟤는 왜 저런가 모르겠네."

엄마와 자녀가 분리된 말이다. 자녀와 분리되고픈 엄마의 의도성도 느껴진다. 자녀를 인격체로 대하기 위해 용기를 내어 제 3자의 입장에서 한 발을 빼는 것과, 팔짱끼고 짝다리 짚고 비난의 투로 말하는 것은 다르다.

엄마인 나는 문제가 없어, 엄마인 나는 할 만큼 했어, 여러분! 쟤가 제 자식인 건 맞지만 이해할 수는 없어요. 자신과 타인에게 억울함과 결백을 호소하며 연민을 바라고 있는 듯하다.

그는 '악한 적', 그러니까 '나쁜 놈'을 상정한다.

그런 인간을 기본 개념으로 삼고, 그로부터 어떤 잔상이자 상대인 다른 존재를 도출해 내는데, 그것이 바로 '착한 놈'이다. 바로 자기 자신 말이다!

니체는 《도덕의 계보학》에서 적을 '악'  으로 정의내리고 자기 자신을 '선'이라 칭 하며 어깨를 으쓱대는 사람들의 감정은 위 험하다고 했다. 자녀를 적으로 간주하여 '악'이라 부르기에는 무리수가 있지만, 자 녀를 비난하는 엄마 마음의 밑바닥에는 엄 마 자신을 선한 존재로 만들고 싶은 욕구 (그것이 무의식에서 발동하였든 의도적이든)가 깔려 있다.

비난의 성질을 생각해 보면 알 수 있다. 니가 나쁘고 틀려야 내가 선하고 좋은 사람이 될 수 있다는 우월감, 내가 나쁘고 틀렸는데 인 정하기는 싫고 나 대신 네가 나쁘고 틀려 줘야겠다는 열등감. 우월 감과 열등감은 남을 비난하는 원동력으로 쓰이기에 충분하다.

엄마 역시 우월감과 열등감을 피할 수 없다. 일단 사람이라 그렇 다. 그리고 자녀는 엄마 자신이 보기 싫어하는 본성을 자꾸 건드리기 때문에 존재 자체만으로도 특별하고 엄마와의 관계에서도 특별하다. 엄마의 찝찝한 본성을 직시하는 것보다 자녀를 비난하는 것이 더 편안한 선택이 된다.

그러나 엄마인 우리는 인간의 본성을 인정하는 것에서 그치면 안 된다. 교양인이지 않는가. 평생 엄마로 살아가야 되지 않는가. 나의 본성을 깊이 들여다 보고 깊이 고쳐나가는 변화와 성장의 과정이 쉽다면 이렇게 글을 쓸 필요가 없다. 불안해서 죽을 것 같지만 반드시 해야 하기 때문에 각오가 필요하다.

내 자녀를 '타인'이라 생각해 보자. 그리고 타인을 대하는 태도가 나를 대하는 태도라고 생각해 보자. 타인에게 "당신은 왜 그런가 모르겠네요"라고 말하는 순간, "나는 왜 이런가 모르겠네요"가 되어 버린다. '모르겠다'라는 뜻을 '네가 나를 모르는데 난들 너를 알겠느냐' 오래된 노래 '타타타'의 가사처럼 좋게 해석해 보자.

'(자녀인) 네가 (엄마인) 나를 모르는데 난들 너를 알겠느냐'라는 자기 인식, 겸손, 호전된 관계.

아름답다.

엄마들의 공공의 적인 자녀를 아름답게 바라볼 수 있는 방법은 팔짱을 풀고 짝다리를 바로 세우고 부드러운 목소리로 '타타타' 노래를 불러 보는 것이다.

　장단을 맞춰주는 니체 옆에서. 그런 거지, 음음음 어허허!

나의 팔짱을 풀고 짝다리를 바로 세우기 위해

1. 자녀를 보고 '쟤는 왜 저런가 모르겠네'라는 생각을 하게 되었던 상황은?

　　예 : 아무 말 없이 계속 울고만 있을 때

_____

2. 유튜브에서 김국환의 '타타타' 노래를 듣는다.

7. 아이히만의 아바타가 되지 않기 위해

: '어떻게'가 아닌 '왜'

"두 시간밖에 남지 않았기 때문에 다른 사람의 의지에 낭비할 시간이 없습니다."

2차 세계 대전 중, 유대인 600만 명을 학살하기 위해 유럽 각지에 있는 유대인 체포와 강제 이주를 계획하고 지휘했던 아이히만. 그는 이스라엘의 비밀정보 단체인 모사드에 체포당해 1962년 5월, 교수형에 처해지기 직전 성경을 읽어 주겠다는 목사의 말을 거절하며 위와 같이 말했다고 한다.

Adolf Eichmann
(1906~1962)

아이히만은 1932년, 평범하게 다니고 있던 회사에서 해고를 당한 뒤 나치당에 가입했고 친위대에 들어갔다. 아무 생각 없이, 너무도 쉽게, 돌이킬 수 없는 선택을 한 것이다.

아이히만이 충격적인 범죄를 저지를 수밖에 없었던 이유는 생각하는 것 자체를 싫어했고, 상관의 명령에 무조건적으로 복종하면서 시키는 대로만 하는 일을 좋아했기 때문이라고, 유대인에 대한 증오 때문이 아니라 그저 자신의 임무를 잘 수행하기 위한 것이었다고, 《사색이 자본이다》, 《철학은 어떻게 삶의 무기가 되는가》, 《철학이 필요한 순간》 세 권의 책에서 동일하게 말하고 있다.

그랬던 그가, 죽기 두 시간 전에야 자신만의 생각과 의지를 표현하는 말을 했다.

"악마처럼 흉악할 거라고 생각한 아이히만의 모습이 너무나 약한 노인 같았어요. 그리고 제 모습을 돌아봤죠. 제 모습도 저런 악마 같은 자와 큰 차이가 없을 것 같다는 생각에 두려움에 빠졌습니다."

아이히만의 재판을 방청하고 그때 모습들을 기록하여 《예루살렘의 아이히만》 책을 펴냈던 한나 아렌트의 말이다. 아렌트는 아이히만의 행동이 아무리 괴물 같다 해도 아이히만 존재 자체는 괴물 같지도 악마 같지도 않았다고 주장함으로써 많은 사람들에게 비판을 받았다. 어떤 편에도 서지 않고 모호한 태도를 보였다는 것이다.

나는 '악의 평범성'이라는 아렌트의 책 부제를 앞세워 어느 누구나 악한 본성이 있으므로 교양을 쌓으며 그것을 잘 다스려 가자는 글을 쓰려 했다. 그러나 아렌트의 중립적인 태도, 자신을 향한 수많은 비난과 비판을 수용하는 태도를 접하게 되면서 마음이 바뀌었다.

아이히만을 용서하는 것은 아니지만, 그가 그럴 수밖에 없었음을 추론하는 이성 능력과 넓은 시야, 관찰력과 통찰력이 남달라 보였다.

그럴 수밖에 없었음을.

엄마로서 아이의 마음에 위 말을 포개어 본다. '어떻게 그럴 수 있니'가 '왜 그랬을까'로 바뀌게 되는 순간이었다.

아빠에게 혼나고 난 후 바닥에 개켜 있던 아빠의 옷옷을 발로 밟고 갔던 큰아들은 자신의 속마음을 잘 이야기하지 않는, 말수 적고 소심한 성격을 가지고 있다. 자신이 하고 싶은 대로 되지 않는 상황에서는 목소리가 한 옥타브 올라가면서 발을 동동 굴리는 둘째아들은 그렇게 하지 않으면 반응을 보이지 않는 사람을 엄마라 부르고 있다. "비키슈(비키세요)"라고 할머니에게 한 번씩 예의 없게 말하는 막내아들은 자신이 아팠을 적에 엄마 노릇을 해 주셨던 할머니를 못 뵌 지 1년이 다 되어 가고 있다.

내 아이들은 그럴 수밖에 없었다.

아렌트가 견뎌내고 수용했던 타인들의 생각을 틀렸다고 할 수는 없다. 엄마인 나에게 던져지는 타인의 말, 가족의 말 역시 그러하다. 다만, 나를 향한 비난과 비판으로 인해 마음의 중심이 흔들리거나 아이들에게 화살을 돌려 버리는 나 자신의 모습을 경계해야 한다. 엄마의 체면을 지키는 것보다 내 아이를 이해하는 것이 중요하기 때문이다. 사람을 이해하려면 아이히만이 죽기 직전에 깨닫게 된 '생각'과 '의지'가 반드시 필요하다.

이해 받아 본 사람이 또 다른 사람을 이해할 수 있게 된다. 그래서 '아이히만의 아바타', '악의 평범성'이란 말이 최대한 거론되지 않도록 해야 한다. 혼자 살아가는 세상이 아님을, 엄마인 우리는 잘 알고 있지 않은가.

'나'는 '무수한 타인들의 합'이기에, 내가 알기도 하고 모르기도 하는 사람들과 내 몸, 내 마음에서 함께 지내고 있다. 내 아이 역시 타인들을 한 명 두 명 몸과 마음에 받아들여야 하는 횟수가 점점 늘어가고 있다.

그때마다 '어떻게 그럴 수 있니'보다 관찰력, 통찰력, 이해, 수용의 '왜 그랬을까'를 앞세울 수 있는 사람이 되었으면 한다. 이를 위한 선행 학습을 엄마인 우리가 삶으로 보여 주었으면 한다. 우리와 아이 모두 '죽기 직전' 타이밍보다 '지금 이 순간' 타이밍에서 좋은 생각이 굳건한 의지가 되었으면 한다.

관찰, 통찰, 이해, 수용을 위해

1. "어떻게 그럴 수 있어?"라고 아이를 이해할 수 없었던 상황은?

예 : 아들이 나를 흘겨보더니 주먹으로 방바닥을 내리쳤다.

---

2. "왜 그랬을까?"라는 질문을 시작으로 아이를 이해하는 입장에서 글을 써 보자.

예 : 중 2병에 걸렸다. 한 번도 자신의 감정을 이렇게 격하게 드러낸 적이 없다. 그동안 엄마인 내가 알게 모르게 쌓인 게 많나 보다.

---

3. 이해와 옹호는 다르다. 아이의 행동은 이해하고 넘어갈 수 있는 일인가, 훈육이 필요한 일인가?

예 : 그래도 어른에게 예의 없는 태도를 보인 것이기 때문에 훈육이 필요하다.

---

4. 훈육을 선택했다면, 훈육이 끝난 후 아이의 마음에 무엇이 남게 되기를 바라는가?

예 : 자신의 잘못된 행동에 대해 생각해 보고, 엄마가 진심으로 자신과 대화하고 싶어 했음을 알게 되는 것.

8. 자존감이란 무엇일까?

: '난 소중해'보다 더 중요한 것

· · · · · · · · · · ·

내가 잘났으면 남도 잘났다. 남이 잘났으면 나도 잘났다는 가치관

사람들이 자신에 대해 느끼는 특정한 방식이자 자신의 가치를 바라보는 관점

감정을 개입시켜 자신을 평가하는 것

자신이 어떤 사람인지에 대한 전반적인 느낌

'남이 만들어준 나'가 아니라 '내가 만든 나'에 집중하는 힘

모두 '자존감'에 대한 정의이다. 잘 읽어 보면 '자신을 있는 그대로 사랑한다'라는 개념보다, 타인의 기준과 시선 또는 나의 기준과 시선으로 나 자신을 채점하고자 하는 '평가'가 개입되어 있다. 아직까지는 '자존감'의 개념이 명확히 정립되어 있지 않다. 그러다 보니 자존감의 종류 또한 복잡하고 광범위하다(자존감을 주제로 한 책을 열 권 정도 읽어 보았는데, 각각 다르게 주장하고 있는 자존감의 개념만큼 조건부 자존감과 본질적 자존감, 이기적 자존감과 이타적 자존감, 건강하고 높은 자존감과 건강하지 못한 높은 자존감 등 자존감의 종류가 많았다).

나는 "내가 좋다"라든가 "난 소중한 사람이다"라는 자존감 회복과 관련한 슬로건을 좋아하지 않는다.

내가 나를 좋아하는지, 나는 나에게 소중한 사람인지 생각해본 적이 없다. 그렇다고 일상생활이 어려울 정도로 나 자신을 싫어하거나, 빠져나오기 힘들 정도로 나 자신에 대해 실망하지도 않는다.

Søren Aabye
Kierkegaard
(1813~1855)

신학적이고 철학적이고 문학적이기도 하다는 덴마크 철학자인 키에르케고르와, 나의 대학생 시절 교수님이 근접발달 영역에 대해 열변을 토하셔서 기억하고 있는 구 소련의 심리학자 비고츠키는 '우리는 다른 사람들과 관계할 때에야 자신과 관계하는 법을 배운다'는 심리학 개념을 내어 놓았다.

Лев Семенович
Выготский
(1896~1934)

이는 자기 계발서에서 주장하고 있는 자기 개념과 다르다. 자아는 '실현'하기 위한 것이 아니라, '형성'되고 '양육'되는 과정이 필요한데, 이를 위해서는 타인과 사회와 관계를 맺어야만 한다. 내가 소속되어 있는 관계망을 통해서만 진정한 자기 성찰과 자기 이해가 이루어진다는 뜻이다. '자아'라는 개념 안에 '타인'을 빼놓을 수 없는 이유이다.

삶의 의미를 알고 (삶을) 선택한다.
선택한 삶에 대해 책임을 진다.
자신이 책임진 삶의 결과물은 자신의 것이다.

우울과 자살에 대해 연구했던 《죽음의 수용소에서》 저자이자 홀로코스트의 생존자, 빅터 프랭클 박사의 로고테라피(의미 치료) 세 가지 이론이다. 자신의 삶의 의미를 알고 삶의 결과에 책임을 지는 것에 집중되어 있다. 자신의 가치를 어떻게 평가하고 어떻게 느끼는가에 집중하고 있어서 자아가 다른 목적을 이루기 위한 도구로 전락되어 있는 듯한 '자존감'의 정의들과는 사뭇 다르다.

Viktor Frankl
(1905~1997)

　자아를 포함해 삶의 전반적인 형태까지 시선을 확장시켜야 한다. 나 자신을 소중히 여겨야 겠다는 생각이나 활동에 집중하기보다(자아 실현이나 자기 계발을 위해 고군 분투하는 것보다), 내가 속해 있는 타인과 사회에 집중하여 자신의 선택과 결과가 이로움이 될 수 있도록 책임을 지는 것. 이것이 내가 이 세상에 태어난 이유, 내 삶의 이유, 내 삶의 의미이다.

　"자녀에게 '넌 소중해'라고 말해 주세요."

　자녀 양육서에서 간간이 보는 글이다. 내 자녀가 소중하고, 엄마인 내가 소중하다는 말, 나쁜 게 아니다. 그러나 어른이나 아이에게 있어 '나의 소중함'은 교육적으로 가르쳐야 하는 영역인가에 대해서는 의문이 든다. 가르쳐서 알 수 있는 것일까, 가르쳐야만 하는 중요한 문제일까, 나를 소중히 여긴다는 것은 어떠한 의미일까, 나를 소중히 여길 수 있는 방법이나 기술이 있는 것일까, 뭐 그런 궁금증들.

내가 자존감과 관련된 책이나 교육에 회의적일 수밖에 없게 된 계기가 있다. 자존감 교육을 주야장천 듣고 다니던 친구가, 하루는 어느 누가 봐도 잘못이라 말할 수 있는 언행을 보였다. 그런데 내 친구는 환한 미소와 함께 이렇게 말했다.

"이게 나야."

그때 일차적으로 적잖은 충격을 받았고, 곧 이차 충격을 받게 된 일이 있었다. 자신은 소중한 사람이라고, 자신은 스스로를 사랑한다고 외치고 다니던 친구가 조그마한 실수를 하게 되었다. 그리고 친구 입에서 툭 튀어 나왔던 말은 "이런 멍청이!"였다.

때로는 타인의 평가에 자존심이 무너져 내릴 수도 있다. 그래서 나 자신을 되돌아보게 된다. '내가 왜 그랬을까?' 머리를 쥐어박기도 한다. '그 부분은 내가 잘못했고 이 부분은 나를 잘못 본 거야.' 나름의 기준을 가지고 나름의 판단을 내리는 과정을 거치기도 한다. '나를 왜 그렇게 생각한 걸까?' 타인이 가지고 있는 판단의 기준은 어떤 환경과 상황을 거쳐 형성되었을까, 상대방 입장에서 다시금 생각해 보기도 한다.

나 자신에 대해 실망하고 반성하는 마음, 실수한 부분 인정하기,

타인과 내가 다르게 가지고 있는 기준을 반추해 보는 행위는 변화와 성장의 동력이 된다.

자신이 소중하다는 마음을 지키기 위해 벽을 쌓고 혼자 웅크리고 앉아 거울만 보며 씨익 웃고 있는 것이 중요한가? 아니면 남에게 쓴소리 좀 듣게 되더라도 자신을 되돌아보며 어제보다 오늘 더 나은 내가 되어 타인과 사회에 희망을 줄 수 있는 사람다운 사람으로 성장해 가는 것이 중요한가?

자아를 형성시켜 나가는, 이를테면 책임감, 도덕성, 반성, 진심 등과 같은 단어의 뜻을 바로 알기 위해서는 타인과의 관계를 통해야만 한다. 자신이 아무리 소중하다고 해도, 자신이 스스로를 아무리 사랑한다고 해도, 혼자 이룰 수 있는 가치들은 없다.

자기를 계발하는 소소한 일들에 전심전력하기보다 시선을 타인에게 옮겨 보기 위해 전심전력하자.

"난 소중해"보다는 타인을 먼저 배워 보자.

'우리'라는 관계를 구성해 주고 있는 소중한 가치들을 지켜나가는 것이 의미 있는 삶, 본질적인 삶임을 믿어 보자.

우리 아이들 또한 자신의 소중함보다 타인과 사회의 소중함에 더 집중할 수 있도록 가르쳐 보자.

자존감보다 더 중요한 것, 더 배워야 할 것들은 세상에 많다.

정신적 유산을 위해

1. 아이에게 단 하나의 정신적 유산을 물려줄 수 있다면 어떤 것을 물려주고 싶은가?

예 : 책임감/ 사랑/ 겸손/ 신앙

_____

2. 아이에게 물려주고 싶은 정신적 유산을 위해 실천할 수 있는 것은 무엇인가?

예 : 말씀 노트를 만들어 하루 5분, 설교 영상을 듣고 세 줄 문장 쓰기를 지도한다.
(적절한 보상을 함께 제공해 준다)

_____

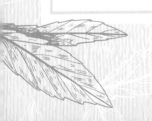

9. 진리는 단순하다

: 엄마인 우리는 변증법적 사고자

정 : 자식은 엄마의 불행이다 = 테제

반 : 자식은 엄마의 행복이다 = 안티테제

합 : 삶의 양면성처럼 자식은 엄마의 불
행이자 행복이다 = 진테제

'대립하는 사고끼리 서로 부딪쳐 투쟁
을 통해 새로운 아이디어를 도출시키거나
발전시키는 방법론'인 '변증법'의 과정이
다. 변증법적 논리학에 지대한 업적을 남
긴 독일의 철학자 헤겔에 의하면, 변증법

Georg Wilhelm
Friedrich Hegel
(1770~1831)

은 개인 문제뿐만 아니라 진리 탐구나 역사에도 적용시킬 수 있다. 하나의 사회 형태가 있는데 이것을 반대하는 또 다른 사회 형태가 제안되고, 마지막엔 테제와 안티테제 양자 모순을 통합하는 진테제가 만들어지게 되는 것이다.

사회의 발전은 이러한 모양과 과정을 거치게 되는데, 변화와 성장을 위해서는 투쟁이 필요하다는 공식을 성립시켜 주기도 한다.

매일 해야 하는 씻기, 밥 먹기, 잠자기. 단순하고 기본적이고 사소한 일들로 자식들은 엄마 속을 부침개처럼 만들어 뒤집고 또 뒤집어 놓는다. 안 씻어도 내버려 두고 밥도 안 주고 잠도 재워 보지 말까 싶기도 하지만 엄마들은 안다. 순간의 감정뿐이라는 것을. 두 눈 뜨고 그 꼴은 못 보게 될 거라는 것을.

싫어, 왜, 라는 말을 달고 사는 자식들. 아니 내가 니 엄만데 해로운 걸 시키겠냐구. 상식적으로 생각을 좀 해 봐라. 모든 말과 행동에 어떻게 일일이 육하원칙에 따른 이유를 설명할 수 있겠냐구. 그냥, 쫌, 하라는 대로 해!

천사도 천사도 이런 천사가 없구나. 자녀가 눈을 감고 자고 있는 순간에 엄마들은 고해성사를 시작한다. 이제 다시는 화내지 않을게.

엄마가 미안하구나. 너를 좀 더 이해해 줄게. 행복한 순간들도 많은데 말이야. 엄마가 부족해서 그래.

그리고 자녀의 머리카락을 한번 쓸어주거나 볼에 입맞춤을 한다.

'자식은 엄마의 불행이다'라는 테제, '자식은 엄마의 행복이다'라는 안티테제는 논란의 여지없이 명확하다. 다른 말로 바꾸어 양가감정이다. 양가감정은 사람을 힘들게 한다. 특히 엄마들에겐 더. 엄마 스스로 "내가 미쳤지"하고 웅얼거리도록 만든다.

그러나 다행이다. 우리에겐 진테제가 남아 있다.

진테제의 존재는, 엄마의 양가감정은 지극히 정상이다, 너나 할 것 없이 가지고 있는 감정이다, 어느 누구나 그렇게 살아간다, 자! 이제 힘을 내 보자, 어깨를 토닥여 주는 것 같다.

진테제의 몫은 공감과 위로다. 이제 엄마인 우리들의 몫은 양가감정을 받아들이는 것이다. 인생에 있어 백 퍼센트 불행만 지속될 수 없고, 백 퍼센트 행복만 지속될 수는 없는 법이라는 것을 말이다.

자녀와 입장을 바꿔 생각해 보면 이해하기가 더 쉽다. 자녀라고 엄마인 내가 마냥 좋기만 할까. 우리가 자녀를 버릴 수 없듯, 자녀 또한 엄마인 우리를 버릴 수 없어서, 엄마니까 참고 사는 순간들이 있을 것이다. 재워주고 먹여주고 입혀주고 공부시켜 주는, 자녀에게 '갑'인 엄마에게 덤빌 수 없어서 진즉에 진테제를 받아들이고 있었을지도 모를 일이다.

　진리는 단순하다.
　삶의 양면성을 받아들이자.
　자녀와 엄마는 서로에게 불행이기도 하고 행복이기도 하다.
　순간마다 조금 더 나은 최선을 생각하고 선택하자.
　퇴보와 후회가 있을지라도 우리에겐 기회가 있다.

　테제와 안티테제 사이에서 고생 좀 하겠지만, 나름의 진테제를 발견하게 될 우리는 변증법적 사고자이자 위대한 엄마임을 기억하자.

10. 비참함은 훈장이 아니다
: 방황을 허하노라

충분히 웃으면서 감당할 수 있는 삶의 무게들에 아야아야 곡소리와, 씨발씨발 욕지거리를 얹어 사람들의 동정과 인정을 얻고자 했던 나는, 신경증 환자와 흡사한 라이프 스타일을 가지고 있었다.

'개인심리학'을 주창한 알프레드 아들러는 나와 비슷한 부류의 사람들을 그리스 신화의 아틀라스 거인에 비유했다. 올림포스 신들과의 전쟁에서 패한 아틀라스에게 제우스는 벌을 내렸다. 세상 서쪽 끝에서 하늘을 떠받치고 있어야 하는 벌이

Alfred W. Adler
(1870~1937)

었다. 아들러는 하늘을 떠받치고 비틀거리더라도 춤을 출 수 있다고 주장했다.

망각의 힘 덕분인지 성찰의 힘 덕분인지 모르겠다. 그동안 나의 괴로움은 허영심이었고, 나의 분노는 환영이었음을 알게 된 것이. 《자신을 비참하게 만드는 법》이라는 책에서는 다른 사람의 삶과 내 삶을 비교하는 것이 자신을 비참하게 만드는 손쉬운 방법이라 했다는데, 그동안 나는 누구의 삶을 부러워하고 꼴사나워했던 것일까.

사람은 노력하는 한 방황한다.

나는 괴테의 말에 편들어 주었어야 했다. 비참함은 답이 없는 결과의 모양이다. 방황은 답이 여러 가지가 될 수 있는 과정의 모양이다. 내 삶의 무게들은 비참함이 아니라 방황이었다. 방황했던 나의 모습들이, '엄마'로 살고 있는 나에게 오늘도 자양분이 되어 주고 있다. 그리고 또 다른 방황자들에게 고개를 끄덕이며 주먹을 불끈 쥐어 보이며 함께 가자, 몸짓 언어를 보여줄 수 있는 동력이 되어 주고 있다.

여러 가지 삶의 모습들아!

여러 가지 감정들아!

힘들지? 방황을 허한다.

그러나 그것이 비참함이라 헷갈려 하지는 말기 바란다.

'엄마'로서 '나다움'이란,

비참함과 방황을 헷갈려 하지 않고,

방황을 예쁘게 바라볼 줄 아는 것이다.

11. '코나투스'가 어울리는 엄마가 되자

: 나다움

코나투스^{conatus}.

철학자 스피노자는 '본래의 자신다운 모습으로 있으려는 힘'을 '코나투스'라고 불렀다. 코나투스는 '경향, 성향'이라는 뜻을 가진 라틴어이다. 이는 신이 각 사람에게 부여해 주신 기질과 함께, 나도 모르게 몸과 마음이 움직이게 되는, 밤을 새게 하는, 집착에 가까운 몰입을 하게 하는, 이득의 유무가 중요하지 않는 그 무엇이 아닐까 싶다.

스피노자에 의하면, 코나투스를 강하게 하거나 높여주면 그것은 나에게 좋은

Baruch Spinoza
(1632~1677)

것이고, 코나투스를 약하게 하거나 낮추면 그것은 나에게 나쁜 것이라고 한다. 예를 들어 나의 코나투스를 강하게 해 주는 것은 독서와 글쓰기다. 하지만 어떤 사람에게는 독서와 글쓰기가 쥐약일 수도 있다. 즉, 좋고 나쁨을 결정하는 것은 나다움, 경향, 성향이라는 뜻이다.

코나투스와 반대되는 개념으로 에이도스eidos가 있다. '겉모습 또는 지위 등의 형상'을 가리키는 그리스어다. 내면의 힘을 기르고 자신의 본질을 찾아가는 것이 아니라, 외면을 꾸미고 타인의 기준을 맞추려는 허세와 강박을 닮아 있는 말이다.

나는 코나투스를 닮아 있는 사람일까, 에이도스를 닮아 있는 사람일까. 코나투스를 지향하든, 에이도스를 지향하든 힘 빠지고 고생하는 과정을 거쳐야 하는 것은 비슷하다. 이왕 고생하는 거, 돌아서면 남이 될 수 있는 타인에게 잘 보이려는 노력보다, 영혼과 평생 함께해야 하는 나 자신을 갈고 닦는 노력을 하는 게 어떨까라는 생각이 든다.

나를 먼저 살려야 어느 누구든 살릴 수 있다. 겉치레에 모든 열정 바쳐서 타인은 고사하고 자기 자신이라도 잘 된 사람, 어디 있는가. 사람은 자신이 가지고 있는 가치관과 신념을 뛰어 넘어 말하고 행동할 수 없다. 자신이 쌓아온 성찰의 양만큼, 딱 그만큼만 살아낼 수 있고, 딱 그만큼만 타인에게 영향력을 미칠 수 있다.

솔직히 엄마인 우리가 가지고 있는 에이도스, 멋지면 얼마나 멋지고, 성에 차면 얼마나 차겠는가. 그러니 나 스스로 조절할 수 있고 마음껏 채울 수 있는 코나투스에 편들어 주면 좋겠다. 에이도스를 싫어하는 건 아니지만, 그래도 코나투스가 더 어울리는 사람이 되고 싶다.

나다움이란 무엇인지, 나다움을 지켜가는 방법은 무엇인지 알아간다는 것, 겁나 멋진 일이니까.

코나투스를 위해

1. '나다움'을 느끼게 된 상황은 언제였는가?

예 : 초등학교 아람단 시절, '서태지와 아이들' 그룹을 결성해서 춤을 췄을 때 / 공부를 하고 싶은데 돈이 없어서 나의 다짐과 각오를 파일로 정리해서 투자자를 모집했을 때

_____

2. 엄마의 본분을 지켜가면서 '나다움'을 발전시킬 수 있는 방법에 대해 생각해 보자.

예 : 시청과 도서관에 강의 기획안을 보낸다 / 꿈을 찾고 있는 엄마들이 책을 출간할 수 있도록 도와 드린다.

_____

2장

엄마와 양육

우리 시대 육아의 가장 큰 오류는

철학의 공유 없이 바쁘다는 핑계로

행동만 좇는 데 있다.

어떤 방식으로 말하고 행동하는가보다 더 중요한 것은

어떤 생각과 마음으로 말하는가에 있다.

- 최민준 《아들 때문에 미쳐버릴 것 같은 엄마들에게》 살림출판사 -

1. 무의미의 의미

: 환경의 중요성

. . . .

사람이 행복을 느낄 수 있는 환경 중 하나, '타인을 도울 때'이다. 이것을 증명해 주는 실험이 있다. 실험 참가자들에게 각각 다른 금액을 넣은 봉투를 주었다. 실험 참가자들 중 절반에게 '오늘 하루, 자기 자신을 위해 돈을 쓰라.', 나머지 절반에게는 '오늘 하루, 다른 사람을 위해 돈을 쓰라'고 이야기했다. 그리고 약속한 시간에 돌아온 실험 참가자들에게 오늘 행복지수를 물어보았다. 결과는 자신이 받았던 금액과 상관없이 다른 사람을 위해 돈을 쓴 사람들의 행복지수가 더 높은 것으로 나타났다.

그런데 타인을 도울 때 행복을 느끼는 감정은 또 다른 환경에 의해 없어지기도 했다.

　　동아프리카 우간다에는 '이크족'이라는 수렵 민족이 있다. 어느 날 정부는 '이크족'에게 수렵을 금지시켰고, 이들은 식량을 구하기 어려워졌다. 이웃과 음식을 나누며 서로에게 감사의 인사를 할 수 있는 환경 자체가 사라지게 된 것이다. 5년 뒤, '이크족'은 어린아이조차 양심의 가책 없이 힘이 없는 노인이나 병든 사람의 음식을 빼앗는 민족이 되어 버렸다.

　　인간의 본능적 감정인 행복을 정상적으로 느끼고 표현하기 위해서는 환경이 중요하다는 것을 알 수 있는 결과였다.

　　막내아들은 요리하는 것을 구경하거나 요리를 도와주는 것을 좋아한다. 내가 라면을 끓이려고 하면 라면스프를 냄비 물에 풀어 주거나, 호박부침을 하려고 호박을 동그랗게 잘라 모아놓으면 칼을 집어 들고 호박이 반달 모양이 되도록 다시 잘라 준다. 왼손을 허리에 얹고 오른손에 든 숟가락으로 된장을 물에 풀어 주는 폼이 일품이기도 하다.

　　나는 혼자 있는 시간과 혼자 하는 활동들을 좋아한다. 혼자 조용히 글 쓰는 시간, 혼자 이것저것 반찬 만드는 것이 몸도 마음도 수월하다. 그래서 어떨 때는 막내 모르게 후다닥 반찬을 만들고 밥상을 차릴 때도 있다.

환경의 중요성

어느 날, 내 마음속에 들어오게 된 말이다. 내 아이가 요리를 하고 싶어 하는 목적은 무엇일까? 자신이 할 수 있는 일을 완벽하게 해내어 자신의 진가를 증명하고 싶어서가 아닐 것이다. 엄마를 도와드렸다는 기쁨, 엄마에게 인정받고 싶어 하는 마음이었을 거다. 아님, 요리 자체가 자신에게 기쁨이 되어 주는 활동이라는 것이 이유의 전부일 수도 있다.

'도움 주는 행위'가 기쁨이든, '취미'가 기쁨이든, 엄마인 내가 아이에게 제공해 주어야 하는 것은 '적절한 환경'이다. "스프 봉지를 그렇게 뜯으면 안 되지." "호박 모양이 다 망가졌잖아." "성가시게 하지 말고 저리 가서 놀고 있어"라고 말하지 않고, "우리 요리사님 엄마랑 같이 요리해요. 아들이 엄마 도와주니까 좋네"라고 기쁨을 더해주는 역할을 해 주는 것이다.

엄마인 나와 자녀인 아들의 관계에서 요리를 빨리 해치우는 것 또는 요리 방법을 가르쳐 주는 것과, 아이가 좋아하는 요리를 할 수 있는 환경을 제공해 주는 것 중에서 무엇이 중요한가. 좋은 결과를 중요시하여 과정을 도구화시키는 '효율성'보다 과정 자체를 중요시하는 그리고 내 뜻과 상관없이 과정 자체가 좋은 결과로 성장할 수도 있는 '무의미'가 빛을 발할 수 있는 순간을 선택하고 싶다.

　그래서 나는 아들에게 요리 순서를 잘 기억하고 있는지, 엄마를 도와 주려고 한 행동이 맞는 건지 묻지 않았다. 요리를 하며 아들이 느꼈던 감정이 기쁨인지, 즐거움인지, 성취감인지, 그것 또한 궁금해 하지 않기로 했다. 모든 것에 분명한 이유가 있어야 하는 건 아니니까. 요리를 하며 "엄마, 이렇게 하는 거 맞아?"라고 물어 보았던, 약간 흥분되어 있던 아들의 목소리만 기억하려 한다.

의미 있는 삶을 위해

1. 오늘 내가 아이에게 제공해 주고 싶은 환경과 분위기는?
　　예 : 학교를 다녀온 아이에게 복싱 흉내 내며 농담을 던진다 / 유쾌함

_____

2. 내 아이가 인생을 살아가면서 제일 많이 가졌으면 하는 환경이나 감정은? 예 : 평안함

_____

2. 고장난 레코드가 되어

: 단호함과 반복, 그 어디 즈음에서

"끄세요."

"어."

"끄삼."

"어."

"끄셩."

"어."

"꺼라."

"어."

아들 셋에게 하루 두 시간씩 하도록 허락해 준 게임을 종료시키기
까지 매일 되풀이되는 짧은 대화 내용이다(보고 듣는 대로 성격이 형성

된다고 믿기 때문에 게임 종류는 제한하고 있다. 피가 낭자하는, 눈에 핏줄 선 귀신이 나오는 게임은 아웃이다).

어떨 때는 '이 녀석들이 나를 물 먹이려고 그러나?' 싶기도 하고, 어떨 때는 '지루하다 지루해.' 싶기도 하다.

어느 날, 혼을 쏘옥 빼 놓고 〈런닝맨〉을 보고 있는데 장남이 말했다.

"엄마, 밥 줘."

나는 또 혼을 빼고 "어." 대답했다.

"엄마, 배고파."

둘째아들의 말에 "어." 대답했다.

"엄마, 저녁 언제 먹어?"

막내아들의 물음에 "어." 대답했다.

'엄마가 우릴 물 먹이려고 그러나?', '지겹다 지겨워.' 아들들도 이렇게 생각했을까.

나의 행동을 합리화시키기 위해, 아들들의 행동을 이해해 보기 위해 상상력을 동원해 본다.

〈도깨비〉 드라마에서 공유가 벚꽃 같은 목소리로 "너와 함께한 시간 모두 눈부셨다. 날이 좋아서, 날이 좋지 않아서, 날이 적당해서 모든 날이 좋았다"라고 말하고 있는 대목에서 남편이 "텔레비전 꺼"

라고 말한다면, 나는 5초 내에 전원 버튼을 누를 자신이 없다. 나에게 공유가 있다면 아이들에겐 모든 날을 눈부시게 해 준 게임이 있는 것이다.

아이들의 성장 과정을 이해하는 입장에서 '아이들은 원래 그렇지.', '이 정도도 굉장한 성장이야!'라고 생각하는, 힘을 뺀 육아법이 좋다고 하세가와 와카의 《적당히 육아법》에서는 말하고 있다.

고장난 레코드처럼

아들 셋과 생활하다 보면 자연스레 간간이 생각나는 말이다.
'하나님, 이제부터는 쓸데없이 화내는 엄마가 되지 않을게요.'
'하나님, 아이들이 다툴 때 둘째 편만 들어주는 모습 고칠게요.'
'하나님, 아이들 앞에서 힘들어 죽겠다는 말 안 할게요.'
내가 신에게 기도드릴 때마다 만약 신이 이렇게 대답하셨다면 내 마음은 어떠했을까.
"으이구, 지겨워. 넌 도대체 몇 번이나 똑같은 말만 하고 있니? 내가 언제까지 참아줘야 돼?"

고장난 레코드처럼 침묵과 이해를 반복해 주시면서 야단치지 않고 기다려 주시는 신의 마음을 가늠해 본다.

내가 〈런닝맨〉을 좋아하고 공유를 좋아하듯, 게임을 좋아하는 아이들.

엄마를 물 먹이려는 게 아니라, 게임에 집중하면 주변의 어떤 소리도 못 듣는 아이들.

남편의 말에 언젠가는 내가 텔레비전을 끄고 밥 준비를 하게 되듯, 엄마의 말에 언젠가는 게임을 끄고 책을 읽게 될 아이들.

아이들은 가르침의 대상이기도 하지만 나와 함께 살아가는 인격체이기도 하기에, 아이들은 원래 이런 사람들이고 나 역시 원래 이런 사람이라고 이해해 보려 한다. 끄세요, 끄삼, 끄셩, 꺼라, 고장난 레코드처럼 매일 계속 이야기하면서.

훈계가 필요할 때와 이해가 필요할 때,
단호함이 필요할 때와 반복이 필요할 때를 구분해야 하는 것.
엄마의 과제 중 하나다.

단호함 혹은 반복을 위해

1. 아이에게 눈빛 레이저를 발사하게 되는 순간은 언제인가?

예 : 밥 먹으라고 세 번 이야기했는데 꿈쩍도 안할 때

---

2. 위 아이의 행동은 반드시 고쳐주어야 하는 것인가? '고장난 레코드'의 선처(엄마가 반복해서 말하는 불편함을 감수할 수 있는)가 가능한 일인가?

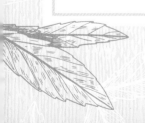

3. 엄마의 성찰 색깔이 스며들 수 있도록

: 성장이란 이런 것이다

아들 셋 엄마로 산 지 15년이 되었다.

장남과 둘째가 서로 티격태격했다. 장남은 억울한 감정이 들면 눈물을 보인다. 아이들이 우는 상황에 불안을 느끼는 나는, 처음에는 부드러운 목소리로 장남에게 이야기한다.

"이루야, 울지 말고 어떻게 된 상황인지, 너의 마음은 어떤지 말해줘. 그래야 엄마가 도와줄 수 있어." 말수가 적은 장남은 아무 말없이 계속 운다. 매번 느끼는 거지만, 아이들의 눈물 앞에서 나의 인내심이 발휘되는 횟수는 단 한 번뿐이다.

"도대체 왜 우는 거야? 말을 해야 알거 아냐? 아, 진짜!" 어김없이 나는 장남에게 화를 낸다. 평소에는 대꾸가 없던 장남이 어깨를 더 들썩이며 말했다.

"엄마는 자꾸 동생 편만 드니까 그렇지."

"소서야, 엄마 물 좀 가져다 줘."

"응."

별 기대 없이 둘째에게 부탁을 한 건데, 어쩐 일인지 순순히 엄마의 말을 들어주었다.

"소서가 엄마 부탁 들어주니까 좋다. 고마워."

진심이었다. 하지만 둘째의 대답은 허탈했다.

"그럼 뭐해 줄 건데?"

막내아들 눈 밑에는 다크서클이 있다. 보라색에 가깝다. 입이 짧고 편식을 한다. 후각과 미각에 민감하다. 영양제도 맛을 가린다. 막내의 보라색 다크서클을 볼 때마다 몸을 비틀고 싶을 정도로 괴로운 기억이 떠오른다.

곰팡이가 벽면을 덮고 있던 14평의 집에서 살고 있을 때, 막내가 태어났다. 태어난 지 3개월도 안 되어 어린이집에서 하루 평균 9시간을 보냈다(나 역시 출산 후 3개월도 안 되어 일을 하러 갔다).

워킹맘은 자의든 타의든 죄책감을 달고 산다. 가족을 위해 돈을 벌고 있는데도, 아이의 기침소리 한 번에 눈물이 난다. 워킹맘의 죄책감을 조금이라도 만회하고 싶어 나는 육아 책을 맹신했다. 아기는 이틀에 한 번씩 몸을 씻겨주랬다. 9월에 태어난 막내는 곧 겨울을 맞이했고, 찬바람이 숭숭 들어오는 집에서 히터를 틀어놓고 이틀에 한 번씩 막내의 몸을 씻겼다. 그때 보았던 막내 손등의 보라색 핏줄은 10년이 지난 오늘도 내 머릿속에 박혀 있다.

부족한 엄마, 지혜와 판단 능력 부족, 모든 것이 다 나 때문이다, 일을 해서, 태교를 잘못해서, 내 성격의 문제다, 엄마가 주관이 없어서다.

온갖 고해성사의 생각들이 줄줄이 비엔나처럼 딸려져 나온다. 아이들에게 사랑이란 이름으로 말하고 행동했던 것들에는 불안과 죄책감과 열등감이, 다섯 식구가 하루 먹을 수 있는 밥만큼이나 한 가득이었다. 엄마인 나의 복잡한 감정들은 아이를 키워 본 경력이나 아이의 인원 수, 성별에 상관없이 날로 번식했다.

그러나 장남의 눈물의 원인이 엄마의 편애였다는 것을 알게 되었다. 둘째아들에게 건넸던 진실된 칭찬의 말이 왜곡 또는 희석되고 있음을 알게 되었다. 막내를 볼 때마다 두 눈을 감게 되는 울컥거림을 제어할 수 없음을 알게 되었다.

엄마인 나의 감정들의 원인, 감정들을 순화시킬 수 있는 방법을 다 알 수는 없고 다 알 필요는 없지만, 불안·죄책감·열등감을 아름답게 포장하고자 내가 아이에게 독을 주고 있는지 약을 주고 있는지는 알아야 된다는 생각이 들었다.

이만큼 하면 되었다 생각했던 '성찰'이란 것을 다시금 해야 하는 시점이다. 자신을 되돌아보고 머리카락 쥐어뜯고 펑펑 울고 가슴을 쓸어내리고 한숨 짓고 한동안 가만히 앉아 있다가 조금씩 마음을 움직여 보는 성찰이라는 것에 끝이 있다 여겼던 나를 반성하는 마음부터 시작해야 했다.

분노 폭발처럼 겉으로 드러나는 감정만이 아이에게 영향을 주는 게 아니다. 드러나지 않은 미묘한 감정이 더 중요하다. …… 그러나 엄마는 엄마의 숨은 정서인 자기 색을 문제라고 생각해서는 안 된다. 그 색으로 지금까지 살아왔고 결혼하고 아이 낳았다. 내 색이 나 자신이고, 나다운 거고, 내 인생인 거다.

- 윤우상 《엄마심리수업》 심플라이프 -

되살아난 성찰 앞에 이 글귀들을 놓아본다. 마음이 한결 편하다. 엄마의 정서 색깔, 아이의 정서 색깔을 있는 그대로 인정하고 바뀌지 않을 것임도 인정하려 한다. 서로의 색이 진하면, 어른인 내가 먼저 색을 좀 빼고, 색이 옅으면 색을 더하기 위해 노력하려 한다. 아이들에게 나의 아픈 감정들, 상처가 된 기억을 물려주는 게 아니라 엄마의 성찰 색깔이 스며들 수 있도록 말이다.

성장은 이런 것이라 믿는다.

엄마인 나를 위해

앞으로 더 멋지게 성장할 나 자신에게 해 주고 싶은 말

예 : "백미정, 지금까지 잘 살아줘서 고맙다. 내가 안다. 늘 응원할게. 지금처럼."

_____

_____

_____

4. I'm fine, thank you. And you?

: 우리는 그렇게 약하지 않다

아빠는 도끼로 장롱을 찍었다. 엄마와 내 몸에 물을 부었다. 겨울이었다. 이불까지 다 젖어 여름이불을 겹겹이 덮고 잤다. 초등학교 1학년 때인가, 엄마에게 말했다. "엄마, 이렇게는 못 살겠어. 우리 도망가자." 엄마는 아빠의 폭력 후유증으로 지금도 몸이 아프다고 했다.

나는 아빠와 엄마의 싸움 전조 현상을 느낄 때마다 배가 아팠다. 30년이 훨씬 넘은 지금도 불안과 스트레스 상황이 닥치면 배가 아프다. 마음 놓고 울어 보지 못했던 나의 과거에 갇혀서 아이들이 우는 모습을

보면 화가 난다. 나에겐 단 한 번도 허락되지 않았던 울음이라는 걸 보이다니, 억울했다.

아이들이 "싫어!"라고 말을 하면 그냥 신경질이 난다. 역시 내가 한 번도 내뱉지 못했던 말에 대한 억울함이고 열등감이었다.

많은 부모교육 책, 심리학 책, 자기 계발서에서는 내면 아이, 애착, 무의식, 자존감 등의 이론을 내세운다. 부모의 상처는 대물림된다, 부모의 상처를 치유해야 한다, 자기 자신을 먼저 사랑하자는 가르침을 준다. 엄마인 나의 상처가 아이에게 대물림되는 것이, 엄마인 나의 상처를 치유하지 못하는 것이, 엄마인 나 자신을 사랑하지 못하는 것이 엄마인 나와 자녀를 망치는 길이 되는 걸까.

높은 확률을 진리로 단정짓거나, '해야 한다'는 당위성을 한 존재에게 자꾸 부여하거나, 극명하게 의견이 갈리는 이론을 가져와 엄마의 상처를 어루만져주는 방법이라고 둘러대는 것은, 엄마의 상처를 오히려 덧나게 한다.

인간의 단면만을 보는 것이 위험한 이유이기도 하다. 엄마라는 존재, 나라는 존재는 상처도 많고 웃음도 많다. 단점도 많고 장점도 많다. 엄마의 폭발할 듯한 잔소리, 무조건 따지고 드는 흑백논리, 세상 모든 것이 귀찮은 무기력 때문에 아이를 망치고 있다고 생각하지 않

앞으면 한다. 잔소리, 흑백논리, 무기력은 엄마가 아니더라도 사람
이라면 어느 누구나 가지고 있는 성향이고 감정이다.

만약, 부모의 다듬어지지 않은 모습들이 아이의 모든 것을 망가지
게 했다면 나는 진즉에 죽었어야 했다.

아빠를 그리워하고 있다. 내 부모를 이해하려는 시도를 하지 않
는다. 이해가 안 되면 안 되는 대로 살아가는 것이 맞다고 생각한다.
상처를 반드시 치유해야 하는 성질로 보지 않는다. 상처를 직면하게
될 때마다 나를 되돌아본다. 그리고 변화하고 성장하고자 다시금 힘
을 낸다.

엄마인 내가 그렇게 약하지 않듯, 우리 아이들 또한 그렇게 약하지
않다. 삶이라는 게, 감정이라는 게, 상처라는 게, 칼로 두부 자르듯 쉽
고 단순한 성질들이 아니다. 아이들은 부모 이외에 수많은 사람들과
관계를 맺으며 배움을 가지고 상처도 가지게 될 것이다. 즉, 엄마의
일부분인 엄마의 상처가 아이의 전부가 될 수 없다는 뜻이다.

"괜찮습니다"라는 부드러운 말은 이럴 때 쓰는 것이다. 아파 보았
고 지금도 아픈 엄마가, 아파 보았고 지금도 아픈 엄마들에게 말이
다. 엄마의 '상처', 엄마의 '괜찮습니다'는 지금까지 잘 살아온 삶의
흔적이고 증거물이다. 그러므로 '상처'와 '괜찮습니다'라는 말은 돌

고 돌 것이다. 그래서 부모와 아이들 모두 품어줄 것이다. 그 안에서 우리는 한 번 더 단단해질 것이다.

I'm fine, thank you. And you?

내가 약하지 않음을 알기 위해

1. 지금까지 나와 함께하고 있는 상처는?

　　예 : 부모님의 이혼

_____

2. 나의 상처에게 한 마디 한다면?

　　예 : "뭐, 생각보단 견딜 만해. 그러니까 너무 미안해 하지 않아도 돼."

_____

5. 검정색이 중요한가

: 내 아이가 중요한가

남자아이와 여자아이

참, 매우, 너무, 정말, 상당히 많은 차이점이 있다는 것을 내포하는 말이다. 심지어 망막 구조 자체도 다르다고 한다. 남자아이의 망막은 두껍고 대신경세포와 비슷한 세포들로 이루어져 무채색에 민감한 눈을 갖고 태어난다. 반면, 여자아이의 망막은 남자아이에 비해 얇고 소신경세포와 비슷한 세포들로 이루어져 따뜻한 파스텔 톤에 민감하다.

이는 '아이들은 다양하고 따뜻한 색을 사용해야 안정된 정서를 가진다'는 관념이 잘못된 것임을 말해 주고 있다.

"민철아, 도화지를 죄다 왜 검정색으로만 칠하고 있어?"

민철이는 그 어떤 형태의 그림을 그리지 않고, 검정색 크레파스로 도화지의 모든 면을 색칠했다. 민철이를 지켜보고 있던 엄마는 걱정이 되었다. 우리 애가 정서적으로 무슨 문제가 있는 걸까? 심리 상담을 받아봐야 되나? 내가 모르는 충격적인 일을 겪었나?

그때 민철이가 대답했다.

"김 그리고 있는 건데."

지인의 이야기다.

"저는 분홍색을 싫어해요."

아홉 살 여자아이 은진이는 다른 여자 친구들과 다르게 분홍색을 제일 싫어한다고 했다.

"엄마가 남자 친구가 있어요. 엄마랑 아저씨랑 저랑 모텔에 갔는데, 방 불빛이 분홍색이었어요."

은진이가 분홍색을 싫어하는 이유로 충분했다.

미술 심리 공부를 할 때 선생님께 들었던 이야기다.

남자아이의 정서에 문제가 있어 검정색만 쓰는 것이 아니다. 너 나할 것 없이 모든 여자아이들이 좋아하는 색은 분홍색이 아니다. 어른들의 고정관념은 어디서부터 시작되었고 언제 즈음 괜찮아질까.

고정관념을 바로 잡기 위해서는 질문과 시선을 달리 해야 한다. '내 아이는 왜 어두운 색만 좋아할까?'라는 질문에서 '내 아이는 무채색 계열을 좋아 하는구나'라는 인식과 이해로 바뀌어야 한다.

내 아이가 좋아하는 색깔만으로 마음 상태를 섣불리 진단하거나, 한 가지 색만 고집하는 아이를 보고는 그동안 아이의 정서를 잘 돌보지 않은 엄마의 죄가 크다며 스스로 죄책감을 들쑤시는 것은, 엄마인 나는 치마보다 바지를 더 좋아하니 남성성이 강하다는 이상한 논리만큼이나 이상하다.

나의 큰 아들은, 책에 있는 여러 그림들을 보고 그대로 따라 그리는 것이 취미이다. 큰 아들은 창의성이 없는 아이인가. 아직은 잘 모르겠다. 한 가지 분명한 점은, 큰 아들의 관찰력은 우리 가족 중에 단연 최고라는 것이다. 책을 펼쳐 놓고 연필로 그림을 따라 그리는 모습을 옆에서 지켜보고 있으면 섬세함과 집중력에 입이 딱 벌어진다.

둘째아들은 승부욕이 강하고 싫증을 잘 느끼는 성격이다. 형을 보고 자신도 그림 따라 그리기를 했다가 금방 시시해 한다. 내가 한 마디한다.

"이야, 따라 그린 것 맞아? 꼼꼼하게 잘 그렸네."

(여기서 포인트는, 아이를 부추기려는 '엄마의 의도성'이 없어야 된다는

것 그리고 진심이다. 진짜 잘 했다는 생각이 들었을 때 칭찬해 주는 것이다. 아이들은 뛰어난 독심술사이다.)

둘째는 곧 반응을 보인다.

"형이 잘했어? 내가 잘했어?"

"음, 형은 너보다 세 살이나 더 많잖아. 그러니까 형이 더 잘할 수 있는 것 같고, 또 형은 원래 그림 그리기를 좋아하고. 형이 더 잘한 건 맞지만, 소서도 나이와 들인 시간을 생각한다면 잘한 거야."

솔직하게, 공평하게, 기죽게 않게 내 마음을 이야기해 준다.

(막내는 따라 그리기든, 그냥 그리기든, 그림에 관심에 없고 엄마가 이렇게 말하나 저렇게 말하나 반응이 없는 아이라서 패스한다.)

기대를 드러낼수록 아이는 본연의 모습 그대로 성장하지 못한다. …… 아들을 진심으로 이해하고 싶다면 높아진 기대와 일반론을 내려 놓자. 아들의 성향을 꼼꼼하게 관찰할 때 진정으로 아이를 이해할 수 있을 것이다.

- 최민준 《아들 때문에 미쳐버릴 것 같은 엄마들에게》 살림출판사 -

이 세상에서 내 아이보다 더 소중하다고 할 수 있는 이론들, 관념들, 실험 결과들은 얼마나 될까. '카더라 통신'보다 엄마와 내 아이와의 관계에서만 성립할 수 있는 '일 대 일 통신'이 더, 더, 더, 더, 더 중요하다는 것은 반박할 요지가 없다.

검정색이 중요한가, 내 아이가 중요한가.
분홍색이 중요한가, 내 아이가 중요한가.

6. 감정들을 데리고 여기까지 왔으니까
: 우리는 성장을 선택한 것일 뿐

엄마의 정체성은 내부의 동일성을 유지하는 것이 강할까, 타인과 특성을 공유하는 것이 강할까. 나 자신을 지켜 갈 수 있는 전자의 의미보다, 타인의 타인에 의한 타인을 위한 나 자신으로서 후자의 의미가 더 강하다는 사실을 부인할 수 없을 것이다. 그러나 엄마는 자신의 정체성이 무엇인지 깊이 물어보기도 전에 취사 버튼과 걸레질과 빨래와 아이들 숙제와 간식과 커피와 가까워져야 하는 삶을 살아가고 있다. 엄마라는 이유 하나만으로.

그렇다고 엄마의 정체성을 제대로 아는 것보다 엄마로 사는 것 자체가 더 행복하다고 할 수 있는지는 의문이다.

2010년 서울 대학교 아동가족학과에서 만 5세 이하의 자녀를 둔 엄마 3,070명을 대상으로 '엄마들이 일상에서 가장 행복하다고 느끼는 상황 vs 가장 우울하고 피곤하다고 느끼는 상황'에 대해 연구를 했다. 두 가지 연구 내용은 극과 극이었으나 결과는 '자녀를 돌볼 때'로 똑같았다. 이러한 결과가 나올 수밖에 없었던 이유는, 엄마의 삶이 행복하지 않아서가 아니라 어떤 방법으로든 표현하기 힘든, 엄마의 정리되지 않은 복잡한 감정 또는 양가감정이 원인이라고 생각한다.

여러 가지 감정들은 반복되는 삶, 해결해야 하는 삶을 앞지를 여력이 없다. 복잡한 감정과 삶이 쌓여 엄마의 분노가 표출될 때, 그것을 받아 내야 하는 존재는 자녀가 된다. 불안하고 미안하고 어쩔 수 없고 되풀이되는 과정이다.

하버드대학교에서 가장 많은 학생들이 수강하는 과목인 〈행복학〉의 샤하르 교수는 행복 6계명을 이야기했다. 1계명이 '인간적인 감정을 허락하라'이다. 엄마에게 감사한, 그러나 섣불리 인정하기 힘든 계명이다. 인간, 감정, 허락이라는 단어는 엄마와 어울리지 않는다.

Tal Ben-Shahar
(1970~)

그래서 나는 복잡한 감정, 양가감정

에서 시작해 보려 한다. 엄마라면 누구나 가지고 있을 수밖에 없는 '엄마의 감정'을 선두에 두고 생각해 본다. 그리고 인정해 본다. 많이도 울었고 많이도 자책했던 우리의 날들을 토닥거려 본다. 왜냐하면 그래도 여기까지 왔으니까. 포기하지 않았으니까. 지금도 이 글을 읽고 있으니까.

엄마인 우리는 성장을 선택한 것일 뿐, 실패한 것이 아니다. 이제는 꺼내 보자. 묻어 두었던, 묻을 수밖에 없었던 엄마의 감정을. 엄마의 감정과 아이의 양육 방법은 닮은 구석이 있다. 있는 그대로 이해해 주고 있는 그대로 인정해 주고 있는 그대로 사랑해 주기. 내 아이를 사랑하는 만큼, 엄마인 나의 감정들도 사랑해 주자.

소중한 나의 감정을 위해

1. 최근 일주일 동안 가장 많이 들었던 감정은 무엇인가?

예 : 억울함

_____

2. 최근 일주일 동안 내가 가장 잘한 행동은 무엇인가?

예 : 상대방의 입장에서 계속 생각해본 것.

_____

3. 역시 그대는 최고다! '최고'라고 한 단어 쓰고 느낌표로 마쳐 보자.

_____

7. 오목은 넣어 둬

: 데일 카네기의 말과 함께

"아니, 엄마! 거기 두면 안 되죠. 아, 답답하네."

아들들이 나와 오목을 둘 때면 하나같이 내뱉는 말이다.

미안하지만 아들들아, 엄마는 오목에 관심이 없단다. 책 읽고 글 쓰고 나면 에너지가 방전돼서 다른 데 머리 쓸 여력이 없어. 그냥 너 희들이랑 같이 시간을 보내는 데 의의를 두는 거지.

아들 셋과 남편을 보면, 확실히 남자들은 전략을 짜면서 이기고자 하는 놀이에 관심을 많이 보인다. 그런데 여자인, 엄마인 나는 생각 한다. '저게 왜 재미있는 걸까? 이겨서 뭐 하려고 그러는 걸까?'

아들들이 바둑알을 여기에 두어야 한다, 거기에 두면 안 된다, 아 무리 설명을 해줘도 정말 못 알아먹겠다.

그리고 피식 웃게 되었다. 아들들의 틀린 수학 문제를 설명해 줄 때, 아들들의 틀린 받아쓰기 글자를 설명해 줄 때 열받아 하던 내 모습이 떠올랐기 때문이다.

"엄마가 화가 나는 건, 집중하면 할 수 있는데 대충하려는 태도 때문이야. 제대로 좀 풀어 봐.", "몇 번만 더 연습하면 맞을 수 있는 문제였는데, 왜 매번 틀리는 거야?"

너를 판단한다, 너는 이해 불가한 행동을 하고 있다, 너는 말귀를 못 알아듣는다, 너는 참 답답하다. 이런 뜻을 담고 있는 말들을 훈계랍시고 조언이랍시고 엄마랍시고 그럴듯하게 포장해 왔다. 그때 내가 했던 생각을 이 아이들도 지금 엄마를 보며 비슷하게 하고 있겠구나 싶었다.

사칙연산 외의 수학 공식들은 몰라도 이 세상 살아가는 데 불편함이 없다. 지금은 수도 없이 틀려오는 한글이고 띄어쓰기이지만, 어른이 되어서까지 한글을 몰라서 힘들어 하는 사람 없고, 띄어쓰기는 한글과 관련된 일을 하고 있는 사람들을 제외하고는 남녀노소 어려워하는 분야이다(우리 말 띄어쓰기, 정말 어렵다).

뭐, 오목도 마찬가지 아니겠는가. 좀 못하면 어떻고, 좀 이기면 어떠한가. 먹고 살아가는 데 전혀! 지장 없다. 이런 발칙한 것들 때문에 그동안 서로 열을 냈던 걸 생각하니 부끄러워진다.

다른 사람을 비난하지 마라. 비난이란 집
비둘기와 같다. 집비둘기는 반드시 돌아
온다.

데일 카네기의 말이다.

틀린 수학문제와 틀린 받아쓰기를 보
며 아이들에게 화를 내며 비난과 판단의
말들을 했던 건, 내가 아이들을 사람으로

Dale B. Carnegie
(1888~1955)

바라보는 시선이 부족했다는 뜻이다. 만약 나의 지인인 어른이 수학
문제를 틀리고 받아쓰기를 틀린다면 하하하 그냥 웃고 넘길 일이다.

"당신은 어른이 되어가지고 이것도 틀려요? 초등학교 공부를 다
시 시작해야 겠어요"라고 말한다면 나의 정신세계는 이상하다는 결
론에 이르게 될 것이다.

나에게 있어 오목은, 아이들의 수학문제와 받아쓰기 같은 영역이
다. 아무리 해도 재미없고, 아무리 해도 관심 없고, 아무리 해도 성
장할 기미가 보이지 않는. 그렇다고 내 삶에 어떠한 영향력도 미치
지 않는.

이제부터라도 수학문제와 받아쓰기 보기를 돌같이 하며, 아이들

을 인격체로 바라보려는 노력을 해야겠다. 아이들에 대한 비난과 판단의 말을 거두어 들여야겠다. 그러니 얘들아, 부탁인데 이제 오목은 넣어두자.

("엄마, 나 받아쓰기 40점 받았어. 100점 맞을 수 있었는데 말이에요." 오늘도 막내아들은 자랑할 만한 점수가 못 되는 40이란 숫자를 나에게 당당히 이야기했다. 그리고 40점과 100점의 틈이 얼마나 큰지도 모른 채 거드름을 피웠다. 아무 말 하지 않았다. 속으로 말했다. '잘났어. 정말.')

인격체인 아이를 위해

1. 최근 아이에게 했던 비난(판단, 정죄 등)의 말을 써 보자.

예 : 둘째아들에게 "형은 안 그러는데……"라고 말했다.

_____

2. 나의 지인이 나에게 위와 비슷한 말을 했다고 상상해서 써 보자.

예 : 남편이 말했다. "옆집 엄마는 안 그러던데……."

_____

3. 2번과 같은 말을 진짜 듣게 된다면, 기분이 어떨 것 같은가?

예 : 남편에게 말해줄 것이다. "옆집 가서 살든가."

_____

4. 아이가 1번에 썼던 말을 들었을 때, 어떤 생각을 했을 것 같은가?

예 : '엄마는 뭐, 잘하고 있는 줄 알아? 내가 말도 못하겠고, 으, 답답해!'

_____

8. 1년 6개월 동안 정점을 찍고 있었던

: '그런가 죄책감'에 대해

남편은 교회 사역자. 공부하고 졸업하고 공부하고 졸업하고, 올해 마흔 일곱인데도 또 공부를 한다. 교회 사역자들의 월급은 상상 초월이다. 박봉이라는 뜻이다.

결혼하고 4년 후 첫애를 가질 때까지 "2세 선물은 언제 줄거냐?"는 말을 시월드의 내무부장관님이신 시어머님께 몇 번 들었다. 일을 하고 있던 나는 욕심이 많았다. 집에서 아기만 돌보다가는 딱! 미친년이 될 것 같다는 예감이 본능적으로 들었다. 당신의 아들이 박봉이니, 또 박봉 인생이 바뀔 것 같진 않으니, 내가 돈을 벌고 있는 현실을 바꿀 수는 없으니, 당신께서 아기를 당분간 키워주셨으면 하는 마음을 미안한 눈빛과 힘없는 목소리로 대신하며 시어머님께 아기양육을 부탁드렸다. 시어머님은 "여기 데려다 놔." 시원하게 대답해 주셨다.

당시 시댁은 전북 군산, 우리 집은 경남 진주로 자가용으로 세 시간이 넘는 거리였다. 그렇다고 아기를 아예 안 볼 수는 없으니, 얼굴 도장을 찍으러 한 달에 한 번씩 시댁에 갔다.

"야가 한 시간을 넘게 앉아 꼼짝도 안 하고는 포도만 먹어. 엉덩이에 땀띠 날까 봐 내가 살짝 들어서 자리를 옮겨줬다니깐."

여름이었겠다. 첫애 이루는 할머니를 힘들게 하지 않는 아이였다. 있는 듯 없는 듯한 그런 아이. 그래도 그렇지, 어떻게 아기라는 존재가 한 시간을 움직이지 않고 제자리에 앉아 포도만 먹을 수가 있을까.

처음에는 서로를 편안하게 해 주는 이루가 고마웠다. 그런데 엄마들은 알 것이다. 워킹맘으로(또 다른 이유들로, 그리고 주부도 예외 없이) 본능적으로 가지게 되는 죄책감. 이루가 할머니 댁에서 지냈던 1년 6개월 동안, 나는 늘 고민했다.

엄마가 안 키워서 그런가, 엄마인 내가 애들을 안 좋아하는 성격이라서 그런가, 아기를 가지고도 쉬지 않고 일을 해서 그런가, 그런가 그런가 그런가…….

장남 이루가 중 1이었던 작년, 타지로 이사와 새로운 곳에서 학교

생활을 한 지 한 달이 채 안 되어 이루는 말했다.

"엄마, 전에 다니던 학교로 가고 싶어."

"왜? 지금 다니는 학교 재미있다며?"

"재미있다고 했지, 좋다고는 안 했어."

하루는 또 밥상 위로 팔을 뻗어 반찬을 집어 오는데, 옷이 반찬에 닿을 듯 말 듯 했다.

"이루야, 팔이 반찬에 닿겠다"라고 했더니 이루의 시크한 대답.

"팔이 아니라 옷이겠지."

이루의 별명으로 '애어른', '김 검사'가 찰떡이라는 것을 깨닫게 되기까지 머리 터지게, 가슴 터지게 고민하며 죄책감을 가지고 살았다.

방학 동안 할머니 댁에서 지냈던 이루를 지켜보신 어머님이 걱정스레 말씀하셨다.

"이루가 벌써 사춘기인가 봐. 말도 잘 안 하고, 뭘 물어봐도 대답을 안 하고."

어머님은 세상의 모든 질고를 자신이 떠안고 살고 계신 존재인데, 또 뭐가 모자란 느낌이 드시는지 이루 걱정을 하시는 거였다(우리 집에 오시면 켜져 있는 전등, 열려 있는 화장실 문, 조금 구겨진 아이들의 면 티셔츠까지도 어머님의 걱정 파일 안에 추가된다).

어머님의 말씀에 나는 또 죄책감이 스멀스멀 올라왔다. 내가 안 놀아줘서 그런가, 동생들한테 스트레스를 받아 그런가, 말 못할 고민이 생겨서 그런가, 그런가 그런가 그런가…….

두둥! 그러던 어느 날, 우리 아들이 엄마의 '그런가 죄책감'을 날려주는 말을 해 주었다.

"엄마, 할머니 시끄러워 죽겠어. 텔레비전 보는데 자꾸 말 시켜. 그리고 난, 조용히 책 보는 게 좋은데 무슨 말이든 좀 해 보래."

호호호! 우리 첫애는 지 아빠의 성격을 타고난 게 맞았다. 신이 부여해 주신, 하늘이 부여해 주신 기질이라는 게 있지 않은가.

나는 조심스레, 그리고 기쁨 충만으로 어머님께 이루의 말을 전해 드렸다.

글을 쓰고 있는 지금도 <u>흐흐흐흐</u>, 곡소리 비슷한 웃음소리가 자꾸 나온다. 같이 미소 지어 주시길. '그런가 죄책감'에게 한 방 먹이는 의미를 담아 우리 모두 스마~일! (물론, 이루는 애정 결핍 증상 중 하나라고 일컬어지는 '엄지손가락 빨면서 자기'를 초등학교 2학년 때까지 했다. 그래도 아무 말하지 않았다. 15살이 된 지금, 어렸을 때처럼 엄지손가락을 빨고 싶냐고 물어봤더니, "어엉? 엄마가 빨고 싶나 보네"라고 대답했다.)

9. 어중간한 경과 조치

: 조용하게 내뱉은 말

에포케epoche.

고대 그리스어로 '정지, 중지, 중단'을 의미한다.

"아, 로션 안 발랐다. 엄마, 로션 좀."

나와 함께 등굣길을 가던 둘째아들이 현관문 바깥에서 말했다. 화장실에서 세수하고 나오면 바로 오른쪽 책장 위, 그것도 맨 위에 로션이 있는데 말이다.

"아니, 세수하고 나면 로션 바르는 건 당연한 거 아냐? 깜빡했음 니가 다시 들어가서 바르고 오든가. 왜 맨날 엄마보고 해 달래?"라고 학교 가는 아이에게 말하고 나면 후회할 것이 자명했다. "아들이 가서 가지고 와." 부드러운 목소리와 미소로 말할 자신도 없었다. 나는 아무 소리 안 하고, 다시 현관문을 열고, 한쪽 신발만 벗어 디딤발을 삼은 후 오른손을 쭉 뻗어 로션을 가지고 나왔다.

아들은 몇 발자국 걷더니 이번엔 안경을 옷으로 닦기 시작했다. 두 번, 세 번……

"엄마, 안 되겠다. 안경닦이 좀 가져다 줘."

나의 속은 부글부글, 발화점을 넘고 있었다. 한 소리 할까 말까, 다시금 고민이 되었다. 내가 이렇게 인내심 있는 엄마였다니. 나는 현관문을 향해 걸어갔다. 고개를 돌려 일곱 발자국 정도 떨어져 있는 아들을 쳐다보며 나지막하게 말했다.

"새끼……"

아들은 로션과 안경닦이와 함께, 굳이 삼 세 번을 채우는 마지막 행동을 보였는데 학교를 걸어가는 15분 동안, 오른쪽 새끼발가락이 아프다며 신발을 두 번, 양말을 두 번 벗어댔다.

우리가 갖고 있는 객관적인 세계관은 애초에 주관적일 수밖에 없다. 그 세계관을 확신하지도 말고 버리지도 않는, 이른바 어중간

한 경과 조치로 일단 잠시 멈춰 보는 중
용의 자세가 바로 '에포케'다.
　　　　　- 야마구치 슈《철학은 어떻게 삶의 무기가

되는가》다산초당 -

아들이 세수만 하고 로션을 바르지 않
아 볼이 짝짝 갈라지는 느낌으로 학교생
활을 했다는 것을 알게 된다면, 안경에 묻은 먼지와 지문 흔적에 신
경 쓰느라 수업시간에 집중하지 않아 선생님께 혼이 났다는 것을 알
게 된다면, 아픈 부위를 모르고 있다가 나중에 새끼발가락이 짓물러
있음을 알게 된다면, 내 마음은 어떠할까.

　잔소리를 정지하고, '어중간한 경과 조치'로 오늘 아침 조용히 내
뱉었던 '새끼'라는 단어에 쓰담쓰담을 보내는 바이다. 백미정, 잘했
어. 그러니까, 한 번 더 내뱉어도 돼.

　"새끼……."

　(다음엔 '새끼' 대신에 '에포케'를 말해볼 참이다. 나는 우아한 엄마가 되
고 싶으니까.)

'잠시 멈춤'을 위해

내 마음에 '에포케'라는 외침이 필요했던 상황을 떠올려 보자. 그리고 사진을 찍듯, '에포케'와 가장 근접한 그 순간을 써 보자.

예 : (이번 글 참조) 고개를 돌려 일곱 발자국 정도 떨어져 있는 아들을 쳐다보았을 때.

_____

_____

10. 실망

: 그 소중함에 대해

실망이란 '바라던 일이 뜻대로 되지 않아 상한 마음'을 뜻한다. 나에게 상한 감정을 준 대상은 애초부터 바라던 일이 있었던 '나 자신'이라는 거다. 즉, 자녀에게 실망하는 것이 당연하다는 말이다.

우리는 좋아하지 않는 사람에게, 기대할 게 없는 사람에게 실망하지 않는다. 내가 마음의 시선을 많이 준 사람일수록 나에게 실망을 줄 확률이 높다. 그러므로 자녀는 엄마들에게 실망의 존재 0순위가 된다.

"우리는 서로를 실망시키는 데 두려움이 없는 사이가 됐으면 좋겠어요."

작사가 김이나의 말이다. 타인과 나 자신은 관점을 어떻게 두느냐에 따라 서로에게 완벽한 사람이 될 수 있다. 밸런스는 한 치의 오차도 없는 균형을 말하는 걸까. 나에게 밸런스는 우선 순위, 순간의 감정, 마음의 중심, 내가 가치를 두고 있는 본질 등이 섞여 생각과 삶의 모습이 기울어져 있을지라도 나와 가족과 타인과 사회를 지켜가고 있음을 뜻하는 것이다.

나의 예민한 성격이 아들들의 표정과 목소리의 미세한 변화를 알아차리고 감정을 조절해 가면서 서로를 지켜가듯, 단점 같은 나의 일부분이 어느새 장점이 되어 밸런스를 맞춰 준다.

서로에게 실망하는 시행착오는 어쩔 수 없다. 아니, 잘만 하면 실망은 오히려 시행착오를 줄여주는 귀중한 감정이 된다. 엄마인 나와 자녀, 또는 나의 타인은, 서로에게 실망하는 과정을 거쳐 서로를 완벽하다 말해줄 수 있다.

평범했던 타인과의 관계가 소중한 타인과의 관계가 될 수 있도록 서로에게 기대하고 고개 갸우뚱거리며 욕을 하다가도 마지막엔 '서로를 실망시키는 데 두려움이 없는 사이'가 되길 바란다.

나에게 실망을 주는 대상은,
이미 소중한 존재임을 전제하고 있다.

실망스럽고 소중한 존재, 나를 위해

1. 나 자신에게 실망했던 때를 써 보자.

예 : 하고 싶은 말을 못했던 과거의 어느 한 상황을 떠올리면서 나도 모르게 욕을 중얼거리고 있을 때

---

2. 나를 마음껏 위로해 주자.

예 : 책 한 권 사기 / 비싼 커피 사 먹기 / "좋은 관계를 유지하기 위해 참았던 거잖아. 백 번 천 번 잘 참았어. 참는 건 아무나 하니? 대견하다!"

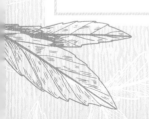

11. '내향 육아'

: '엄마인 나'를 안다는 것

"육아서 맘들처럼 에너지와 열정이 넘치는 스타일도 아니요, 보노 보노처럼 느긋하고 무던하지도 못한 사람은 도대체 어떤 엄마가 되어야 한단 말인가. 우습지만 그런 생각도 들었다. 나폴레옹과 윤동주의 육아가 같을 수 있을까. 마돈나와 버지니아 울프의 육아는?"

《내향 육아》를 쓰신 이연진 작가님의 말이다. 훗, 코에서 웃음소리가 났다. 공감하고 고민되고 궁금하단 뜻이 포함된 소리였다. 아이의 타고난 기질을 인정해 주세요, 아이의 다름을 인정해 주세요, 아이의 변화와 성장을 기다려 주세요 등등. 육아서에는 엄마들에게 뭘 자꾸 주라거나 하라고 한다. 그럼, 엄마의 타고난 기질은 누가 알아봐주고 누가 인정해 줄까. 엄마의 변화와 성장은 누가 기다려 줄까. 엄마인 우리를 위해서는 누가 무얼 주고 누가 무얼 해줄 수 있을까.

종일토록 글을 읽고 쓰면서 에너지가 방전되어도 기쁘고 행복한 나는, 내가 정해 놓지 않은 상황 속으로 어쩔 수 없이 들어가 나의 역할들 중 일부분을 희생과 봉사로 포장하여 수행해야 하는 일에는, 두 시간만 움직여도 그 날 반나절은 기분도 컨디션도 적절히 조절하기가 힘들어진다.

'빨리 잠들고 싶다'는 생각이 지배적인 나는, 이부자리에서 아들 셋이 서로 주고받는 이야기 소리가 잡음 같다(10분 정도는 끼어들지 않고 내버려둔다. 답답한 학교 생활, 집 생활, 게임과 TV 화면에 갇혀 있다가 사람 냄새 나는 '대화'라는 걸 나누고 있으니까).

땀나고 밥하고 벌레에게 물리는 캠핑을 휴식이라 여기는 남편의 생각에 공감할 수 없고, 모름지기 휴식이란 삼시 세끼 사 먹고 산이나 바다가 보이는 펜션에서 글 읽고 글 쓰고 TV 보는 것이라 확신하는 나이다.

브롤 스타즈와 로블럭스 게임을 만들어 주셔서 아들 셋의 몰입도를 최강 파워로 올려주신 분께, 다양한 실험을 해 주시는 유튜버 허팝, ASMR 먹방 유튜버 떵개떵, 도서 분야 베스트셀러까지 점령하신 흔한 남매 님께, 엄마인 나 대신 아이들에게 즐거움을 선물해 주고 계셔서 진심으로 감사드린다.

《내향 육아》를 읽으며 확신에 확신을 더했다. '아이만 바라보다가 나를 잊는' 엄마가 되지 말자고. '아이도 타인'이라는 것을. '선천적 경향을 거슬러 살다 보면 심리적 탈진감'이 오는 것은 정상이라고. '성심껏 육아하되, 희생의 아이콘이 되지는 말자'라고.

아동발달 이론가 프레드 파인은 '고요한 즐거움'과 '편안함 속의 내향적인 즐거움'이 아이들의 건강발달에 중요하다고 했다. 얼마나 멋진 말씀인가. 특히 나같은 기질을 가지고 있는 엄마들에게는.

숨쉬기와 책읽기가 취미인 장남과는 하루 동안 밥 먹자, 자자, 두 마디만 해도 서로 불편한 감정 없이, 사랑을 확인하고 표현해 주어야 한다는 부담 없이 잘 지낸다. 앞뒤 말이 맞는지 따지기 좋아하고 가만히 있는 시간을 싫어하는 둘째아들과는 '논리 배틀'과 '공기놀이 배틀'을 자주 한다. 서로의 말에 서로에게 밀릴 때에는 쿨하게 자신의 비논리성을 인정하게 되면서, 공기놀이를 하며 한 번만 봐 달라거나 중간에 규칙을 바꾸고자 했던 아들은 이제 말이 안 되는 떼를 부리는 횟수가 현저히 줄어들었다. 내가 글을 읽거나 글을 쓰고 있을 때 막내는 한 번씩 나를 찾아와서는 상상의 이야기를 하거나 자신이 만든 색종이 작품을 보여 준다. 응, 그래, 재밌다, 몰라, 나의 단편적인 대답을 듣고는 씨익 웃으며 다시 큰 방으로 간다.

아들 셋이 좋아하고 내가 좋아하는 건 책이다. 그래서 서점 가까이 있는 곳에 살았을 적엔 서점을 자주 갔었고 지금은 열심히 도서관엘 가서 아이들 책을 빌려온다. 아들 셋이 좋아하고 내가 좋아하는 놀이는, 브루마블과 할리갈리다. 엉덩이 떼지 않고 한 자리에서 할 수 있고 성취 욕구와 몰입감을 채워주며 세 명 이상 놀이가 가능하다.

아이의 기질을 아는 것만큼이나 엄마인 나의 기질을 아는 것도 중요했다. 그래야만 아이와 엄마의 접점을 찾아 적당히 행복하고 적당히 평안할 수 있는 우리들만의 방법과 공간을 만들어낼 수 있는 것이다.

엄마가 편안해야 아이도 편안하다.

엄마가 행복해야 아이도 행복하다.

이는,

순서가 바뀔 수 없는 진리의 영역이다.

하늘이 부여해 주신 기질을 위해

1. 엄마인 나의 기질은 외향과 내향 중, 어느 쪽에 더 가까운 것 같은가? 그 이유는?

예 : 내향 / 혼자 있는 시간을 많이 좋아한다.

---

2. 아이와 함께하는 활동 중, 무엇을 할 때 몸과 마음이 편안한가?

예 : 독서할 때

---

3. 아이의 기질을 인정해 주기 위해 엄마인 내가 이해해줄 수 있는 부분은 무엇인가?

예 : 조용하고 내성적인 큰 아이 / 친구와 카톡을 많이 주고받는 것 같은데 크게 개입하지 않는다("혹시 여자 친구?" 농담식으로 이야기하고, 카톡하는 시간을 줄이라고 충고하거나, 누구와 어떤 대화를 주고받는지 물어보지 않는다).

3장

엄마와 글쓰기

자신의 삶을 되돌아보고 고치는 게 아니라면,

글은 무슨 소용인가?

글은 오로지 오늘의 내 삶을,

우리의 사회를 성찰하는 데 있다.

- 문광훈 《미학수업》 흐름출판 -

1. 능력만큼 진심만큼

: 글쓰기는 공평하다

삶은 자신의 능력보다 더 잘 살 수도 있고 더 못 살 수도 있다. 부의 기준, 행복의 기준, 신념의 기준은 지극히 주관적이다. 크고 작은 세계들의 형태는 불분명하고 변수가 많다. 그래서 살아온 양이나 질을 떠나 삶 자체에 의미를 두고 본질을 찾아가는 것이 위로가 될 때가 많다. 한 마디로 삶은 불공평하다.

반대로 글은 자신의 능력보다 더 잘 쓸 수도 없고 더 못 쓸 수도 없다. 불공평한 삶을 생각하면, 글쓰기마저 요행을 가져다 줄 수 없다는 사실에 솔직히 씁쓸한 감정이 든다. 하지만 글쓰기는 '뿌린 대로 거둔다'는 속담이 진실이 되는, 성실함과 공평함이 강력한 무기가 되는 귀한 영역임도 부인할 수 없다.

자신이 쓴 글을 봐야 하는 형벌을 피하려면 계속 글을 써야 한다고 했다. 가히, 글쓰기는 성실하고 공평한 것이 맞다.

삶은, 불공평하니까 요행을 바라면서 성실히 살아가는 것이다.
그래서 삶은, 불공평한 각자의 기준들과 가치관을 따라 잘 살아가려고 해야 한다.
글은, 공평하니까 요행을 바라지 못하고 성실히 쓰는 것이다.
그래서 글은, 잘 쓰려고 하면 안 된다.
글은, 잘 쓰는 게 목적이 아니다. 글쓰기는, 좋은 마음 밭에 명확한 메시지를 뿌리고 나와 독자를 위해 건강한 진심을 잉태하거나 거두어들이거나 전해야 하는 작업이다.

'엄마의 글쓰기'는 더더욱 그러해야 한다. 잘 살아가려고 노력하는 것만으로도 벅차기 때문에 엄마의 삶의 영역들이란 게 대부분 불분명할 수밖에 없다. 그래서 '엄마'라는 정체성이 '나'의 모든 것을 잠식시키려 할 때, 엄마인 우리는 누구에게 어디에 몸과 마음을 기울일 수 있을까.
나는, 글쓰기에 의지했다.

그렇다고 글쓰기가, 사탕이 발려져 곧 개미들이 들끓게 되는 밑도 끝도 없는 "괜찮아!"라는 말을 해 주었던 건 아니다. 공평하고 분명한 목소리로 일침을 주었는데, 그것이 위로가 되었다.

글을 잘 쓰려고 욕심을 부리면 부릴수록 글쓰기는 나에게 진심을 요구했다.

삶을 던져내 버리고 싶을수록 글쓰기는 나에게 성실을 요구했다.

글쓰기는, 뜻밖의 행운을 가져다주는 잔꾀를 부리지 않았고, 시린 겨울에도 흐트러짐 없는 소나무 같았다.

조금은 얄밉고 조금은 잔인한 정직함.

그러나 든든했다.

나에게 그러했듯 글쓰기는, 당신에게도 진짜 위로가 무엇인지 알게 해 줄 것이다.

믿어 주시길. 스무 권의 원고를 쓴 엄마 작가의 예언을.

기울어진 삶과 마음에 보상받고 싶다면 글을 써 보자.

글쓰기는, 딱 내 능력만큼 딱 내 진심만큼 내어놓는다.

2. 나의 영혼에게
: 글의 위로

"좋은 사연을 들려주고 좋은 음악을 틀어주는 디제이처럼 글쓰기도 나와 닮은 영혼에 말 걸고 위로를 건네는 일이다."

- 은유 《글쓰기의 최전선》 메멘토 -

책 읽고 글을 쓰다, 머리가 정지상태가 될 때면 지나간 예능 프로그램을 본다. 〈라디오 스타〉를 훗훗, 콧소리 내며 보고 있는데 규현이 개그우먼 박미선에게 질문을 던졌다.

"박미선에게 박미선이란?"

박미선 씨의 대답을 듣고, 난 울컥했다.

"잊고 산…… . 잊고 산 나의 모습."

나는 무얼 잊고 살아왔기에 박미선 씨 마음에 동화되었던 걸까?

고생이란 건, 주관적인 성질이 강해서 나보다 더 힘든 사람 있으면 나와 보라고 한다거나, 내가 한 고생은 고생 축에 끼지도 못한다는 어림짐작의 기준조차 내밀 수가 없다. 그래서 나는 내가, 아들 셋키우면서 일하면서 울면서 고생 꽤나 했다고 생각한다. 스트레스 수치를 감당하지 못할 것 같을 때에는 남편 등짝을 때리기도 했고, 옷을 사고 책과 노트를 모았다.

그런데 '내 뒷모습을 좀 돌봐주어야 되지 않을까'라는 여유와 성찰의 시간은 놓치고 있었다. 힘들다는 감정에 편들어 주면서 울기만했지 잘한다 잘한다, 과거와 현실에 토닥거려 주진 않았다. 따지고보면 매정한 처사였다. 나 자신에게 왜 그렇게 못되게 굴었을까?

나 자신을 잊고 지낸 지 오래 된 것이 맞나 보다. 질문을 바꾸어봐야 겠다.

'난, 무얼 잊고 살았을까?'가 아니라 '날 잊게 만든 건 무엇이었을까?'로. 그 '무엇'이 무엇인지 알기 위해서는 내가 나에게 하지 않았던 걸 시작해야 한다. '위로'를 말이다.

　각도기, 자, 컴퍼스의 장점인 정확성은 조금 떨어트려 놓고 봄바람, 바닐라 라떼, 이불의 장점인 부드러움으로 승부를 봐야 할 시점이다. 그래서 내 삶이 나쁘지 않다는, 내 영혼이 여기까지 잘 왔다는 증거를 모을 수 있도록 글을 쓰는 것이다.

　글쓰기로 '잊힐 수밖에 없는' 내가 아닌, '기억할 수 있는' 내가 되어야 한다. 이는 오롯이 나의 몫이다. 외롭지만 명확한 결론을 약속할 수 있는 과정이다. 기록된 나의 모습을 통해 위로를 회복시켜 주고 무엇이 나를 잊게 했는지, 나는 무엇을 잊고 있었는지 알 때까지 고군분투하는 것. 그것이 '엄마'라는 카테고리 안에서 '나'라는 단어를 뺄 수 있는, 또는 '나'라는 카테고리 안에 '엄마'를 소속시킬 수 있는 방법이 될 것이다.

　잊은 것, 잃은 것이 제법 많은 듯한 나의 영혼아!
　이제, 글의 위로를 받아주렴.

3. 대화가 불안해질 때

: 내가 창피해 지는 글을 쓰자

나이가 들어갈수록 말수가 줄고 있다.

내 감정, 내 생각을 밖으로 뱉어내는 작업이 귀찮아 그러기도 한데, 대부분의 이유는 대화에 자신이 없어서다. 내가 타인에게 인정이나 공감을 받을 수 있을까 하는 소심함, 어정쩡한 훈계나 지적을 받고 나면 내 모든 존재가 거부당하는 듯한 두려움, 말을 해야 할 때와 아껴야 할 때를 아직도 잘 모르는 무지.

경험, 소통, 관계와 같은 영양소는 줄어들었고 괜한 감정들은 늘었다. 늘어난 감정들로 상대방은 어떤 사람인가, 상대방의 마음은 어떠할까를 헤아리는 횟수에 쓰고 있는 나를 발견한다.

대화가 싫은 것이다. 내가 왜 이렇게 되어 버렸나 생각해 본다.

갑과 을이라는 서열 구조 속에서 상대방은 나에게 자신을 이해해 달라 했고, 정작 이야기를 들어 주고 있는 나를 보고는 이해되지 않는 행동을 왜 했냐 재차 묻고 있었다(모두가 주관적이다. 고로 나는 적어도 이 사람에게만큼은 이해되지 않을 만한 행동을 한 적이 없다).

어떤 이는 주제를 한참 달리다 뜬금없이 자신이 싫어하는 제 3자를 등장시키더니, 내가 욕해 주기를 바라면서 나를 떠보기도 했다.

'자기가 하면 로맨스, 남이 하면 불륜'이라고 마무리되는 형태와 형색을 대화 거리로 삼는 자도 있었다. 한 번 두 번 세 번, 이런 사람들을 만나다 보니 말하는 것 자체가 피곤했다. 폭넓은 사람들을 만날 수 없는 사회적 분위기와 나의 환경도 맞물렸다. 근데 혼자 있는 시간이 싫지 않았다. 책들에 쌓여 글에 쌓여 내 머릿속이 세계가 되어 상상의 타인들과 소리 없는 대화를 나누는 것이 재미있었다. 아이러니하게도, 직장생활하면서는 깨닫지 못했던 나의 편협한 사고와 왜곡된 해석 방법을 책 보고 글 쓰는 시간에 알게 되었다.

글은 삶이 굳고 말이 엉킬 때마다 쓰는 것이라 했던가.

분명 피와 살이 되는 대화들도 있었는데, 안 좋은 것들만 떠올리고 있는 걸 보니 내 삶이 굳었음이 맞다. 내 말도 엉켜가고 있음이 맞다. 그래서 계속 글을 쓰게 되나 보다.

　상대라고 뭐, 내가 느꼈던 지리멸렬함을 나와의 대화에서 감추고 있지 않았다는 보장이 없다. 나라고 뭐, 갑질 안 했을까. 욕을 대화라고 치장하지 않았을까. 너는 틀렸고 나는 옳소, 괴변을 늘어놓지 않았을까. 갑작스런 이 해탈은 뭔가. 해피엔딩만을 고집하진 않는데, 글을 쓰다 보니 회개하는 성인군자 흉내를 내고 있다.

　거짓된 깨달음은 아닌데 배가 아프다. 불안하고 창피할 때 나타나는 증상이다. 또다시 대화를 재개할 수 있을까 아니, 재개해야만 하나 불안하다. 나만 거룩한 척 나만 글 쓰는 척, 폼 잡는 말만 해서 창피하다.

　대화는 때에 따라 숨김이 필요하다. 하지만 글쓰기는 때에 상관없이 드러냄이 필요하다. 개방성, 공정성, 민첩성으로 나를 진단해 줄 수 있는 탁월한 수단이기 때문이다. 숨김이 필요했던 대화를 글쓰기로 가져올 수도 있다.

　대화가 불안해질 때, 관계가 불안해질 때, 내가 창피해지는 글을 써야 겠다. 그렇다고 불안이 없어지진 않지만 불안을 조절할 수 있는 고삐가 보이니까. 또는 불안이라 알고 있었던 것이 나의 착각이나 오해였음을 알 수 있으니까.

4. 다 거기서 거기

: 왜 사람들은 쓰지 못하는 걸까

글을 쓰지 않는 내가 '기록'이란 걸 하게 되었을 때에는, 카톡에서 특별한 지인을 찾아 '있잖아'로 시작하는 말을 쓰게 되었을 때에는, 상황의 변화든 감정의 변화든 평상시와 다른 무엇인가가 일어났다는 것이다.

움직여진 내 삶, 내 마음은 기록을 의지하여 그 무엇인가를 붙잡고 싶어 한다. 붙잡고 싶어 하는 그 무엇을 '특별함'이라 이름 붙여도 될 듯하다. 우리는 특별한 것에 반응한다.

"내 삶을 글로 써도 될까요? 뭐 볼게 있다고"라는 말을 했던 예비작가의 속내는 '욕 얻어 먹기 싫어요'다. "무명작가의 에세이, 잘 팔릴까요?"라는 말을 했던 출판사는 속내 따질 것 없이 '글은 돈이다.' 직설화법을 날린 것이다.

특별한 걸로 따지자면 내 삶이 형편 없다는 생각도, 타인의 삶에서 배울 게 없다는 생각도 평범한 생각이 아니니 특별하다. 무명작가의 에세이를 출판하는 출판사들도 돈 걱정은 하겠지만 어쨌든 모험을 한 것이니 특별하다. 이러나저러나 자전적 에세이들은 출간되고 있고, 글 쓰는 엄마들은 생활 곳곳에 숨어 있을 테니 글을 쓰게 되는 단 하루도, 모든 게 글이 되는 우리네 인생도 다 특별하다.

당신의 삶은 글로 쓸 가치가 없다고, 타인의 삶은 배울 가치가 없다고 판단하는가. 글은 돈이 되어야 가치 있다고 판단하는가. 주관이 뚜렷한 삶과 글은 공정한 값을 매길 수 없으니 가치가 없다는 것도 일리가 있겠다.

그렇다면 값으로 매길 수 없는 나의 삶을, 가치가 없는 나의 글로 그냥 편안하게 써 보면 어떨까.

왜 사람들은 쓰지 못하는 걸까?
그건 어쩌면 다른 사람이 저를 대단한 사람, 유식한 사람, 좋은 사람, 혹은 뭔가 있어 보이는 사람으로 알아 주기를 바라는 기대를

깨고 싶지 않기 때문일 것이다. 사람 사는 게 다 거기서 거기인데,
뭐 그렇게 대단한 게 있겠는가?

- 장석주 《글쓰기는 스타일이다》 중앙books -

　구체적으로 무얼 쓸지는 대단한 게 없는 맥심 커피 향기에, 창문
을 넘어오는 바람 소리에, 맹렬히 돌아가는 세탁기 소리에 물어보면
된다.

5. 엄마의 슬픈 감정들

: 그래서 글쓰기다

글을 쓰는 것은 즐겁지 않다. 괴롭고 고단하며 매 순간 자신의 재능을 의심하며 좌절감을 느낀다.

- 프란시스 아말피 -

나는 글을 쓰기 전에, 내 영혼이 혼자 도약하려고 준비하고 있을 때 늘 심장과 횡격막 사이의 공간에서 두려움을 느꼈다.

- 바바라 애버크롬비 -

벌거벗은 자신을 쓰라.
추방된 상태의, 피투성이인.

- 데니스 존슨 -

글 쓰는 사람들이란 지나치게 일찍, 혹은 잘못된 시대에 태어난 저주받은 동물들이다.

- 마누엘 바스케스 몬탈반 -

고단함. 두려움. 벌거벗음. 저주.

죄다 한 성질 하는 단어들이다. 그래서 평생 마주치기 싫은 상황들.

감히, 대담하게, 네 단어들 앞에 '엄마'를 배치해 본다.

엄마의 삶이 고단하다는 것, 두 말할 필요 없다.

엄마로서 여자로서 나로서 두려운 것도.

고단함과 두려움이 유난히 두껍게 겹치면 몸과 마음이 휑해진다. 벗겨진다.

마지막 단어는 좀 세다. 엄마로 살고 있는 것이 '때로는' 저주인가. 백 퍼센트 맞다고 백 퍼센트 틀렸다고 할 수 없고, 저주 같은 각 상황들을 정량화시킬 수도 없다. 딜레마이고 블랙홀을 닮아 있는 '저주'라는 감정과 개념.

이런 나를, 이런 삶을, 이런 나의 감정들을 글로 쓰려니 달갑지가 않다.

그러나 왠지, 프란시스 아말피, 바바라 애버크롬비, 데니스 존슨, 마누엘 바스케스 몬탈반의 글 끝에는 공통적으로 한 문장이 들어갈 것 같지 않은가.

"그래서 글쓰기다."

'고단하고 두렵고 벌거벗고 저주스럽기 때문에, 그래서 엄마다'라
고 말할 수 있는 것처럼.

우리가 이 감정들을 마주했던 순간, 엄마로 탄생되었던 것처럼.

달갑지 않은 이 감정들이 글을 쓸 수 있는 시작점이 된다. 엄마의
슬픈 감정들은 글 쓰는 방법과 글을 써도 괜찮다는 용기를 가르쳐
준다. 우리는 슬프면 슬픈 대로 잘 살아왔지 않은가. 그래서 할 말이
많고 쓸 글이 많을 수밖에 없다.

만약, 엄마의 슬픈 감정들을 글로 쓰지 않은 채 방치한다면, 여러
가지 다른 감정들과 삶이 나를 버릴 것이다. 그래서 글쓰기다.

6. 타인의 일부분인 사적인 이야기로

: 엄마의 반란을 시작하자

　엄마라는 존재(들)는 얼마나 사적일 수 있을까. 그 사적인 것들을 언제 즈음, 수다보다 한 층 수위가 높은 글쓰기로 풀어낼 수 있을까. 이는 '나'라는 사람을 이야기로 빚어낼 수 있는가 하는 '용기'의 영역이다.

　사적인 이야기와 엄마인 나의 관계는 꽤나 얽혀 있다.

　"내면적인 것은 여전히, 그리고 항상 사회적이다. 왜냐하면 하나의 순수한 자아에 타인들, 법, 역사가 존재하지 않는다는 것은 상상할 수 없기 때문이다. 나는 나 자신의 인류학자이다."

　아니 에르노의 말처럼, 지극히 사적인 이야기라 해도 타인들의 합인 그것들은 사회성을 띄고 있다. 그래서 온전한 엄마의 모습으로, 또

는 온전한 나의 모습으로 진심을 드러내 보
이는 행위인 '글쓰기'는 용기가 필요하다.

쓰기도 뭐하고 읽히기도 뭐한 것이다.
살기도 뭐하고 죽기도 뭐한, 두루뭉술한
우리네 이야기는 말이다.

그러나 어느 누가 글 쓰는 사람을 지정
해 줄 수 있는가. 어느 누가 글감을 지정해
줄 수 있는가. 만약 그런 사람이 있다면,
내 삶을 조종하는 상대방도 내 삶이 조종당하도록 가만히 있었던 나
자신도 유죄다.

Annie Ernaux
(1940~   )

애석하게도 내 삶은 나에게 먼저 쓰여지고 읽혀져야 한다. 우리는
기록되고 남겨지기 위해 이 세상에 태어났기 때문이다. 나 혼자 사
는 세상이 아니기 때문이다. 누군가를 구해 주어야 하기 때문이다.

어두운 구석에 쪼그리고 앉아 무릎에 얼굴을 파묻고 있는 가녀린
여인이 있다. 온몸에 글이 새겨져 있으나 차마 꺼내거나 옮기진 못
했다. 그 여인에게 손 내밀기 위해 우리는 엄마가 되었다. 그 여인은
한때 '나'이기도 했다. 이렇게 된 이상, 가만히 있을 순 없다.

어두움이 두려움이라 인정하고 그 여인을 향해 천천히 걸어가야

한다. 놀라지 않도록. 글 문신으로 뒤덮인 몸을 가만히 응시하다 어깨에 손을 살짝 얹어 주어야 한다. 그리고 내 뒤를 따라 걸어 오게 해야 한다. 잘 따라오고 있는지 가끔 안색을 살피면서.

나와 여인의 최종 목적지는 여기, 여백 위가 되어야 한다.

여인이여! 더 이상 침묵하지 말자. 침묵은 힘이 세다는 말은 여기서 통하지 않는다. 이미 침묵의 긴 시간 동안 당신의 힘을 충분히 보여주었다.

반란을 시작하자. 사적인 이야기에 묻어 있을 그 놈, 그 년, 지랄스러웠던 하루, 우리 아이들을 바다에 가두었던 그 날, 역사가 될 수 없었던 구간, 노란 장미 한 송이에 눈물 흘렸던 순간, 마트의 시식 코너, 아이들의 시커먼 실내화, 남편의 엉덩이, 맥주가 반 즈음 담겨 있는 유리잔.

이 모든 것이 나의 인류이다. 내 비록 타인의 일부분으로 완전 자유로울 순 없겠으나 여백만큼은 나의 공화국으로 삼으련다. 여백을 글로 채우는 시간만큼은 역사학자, 인류학자, 법학자, 혁명가가 되어 보련다.

여인이여! 엄마여! 그 정도면 많이 참았다.

7. 지독한 고독

: 굳은살에 전가시키기

내가 글 쓰는 삶을 살지 않는다 생각해 보면 남게 되는 것이 하나 있다.

지독한 고독.

유명 작가가 되고 싶다는 울컥거림, 글이 안 써질 때 발사되는 불안과는 성질이 다르다. 영화 〈그래비티〉에서 주인공이 우주 공간에 혼자 남게 되었을 때 느꼈을 만한 감정.

큰아들이 하고 있는 크래시로얄 게임 소리, 둘째아들이 흥얼거리는 이름 모를 노래 소리, "엄마, '기이하다' 뜻이 뭐야?" 물어 보는 막내의 목소리와 분명 한 공간에 있는데, 내 영혼은 우주를 향해 둥둥 떠가고 있었다.

눈물이 조금 차오르다 말았다.

고독은 그러했다.

눈물마저 날름 뺏어 먹어 버렸다. 이즈음 되면 글이 쓰기 싫다, 뭘 써야 될지 모르겠다, 어떻게 하면 멋진 글을 쓸 수 있을까, 라는 질문은 시시해진다. 글 쓰는 행위 자체를 안 하는 게 아니라 못하게 되므로(그 이유가 물리적인 원인이 되었든 마음의 원인이 되었든) 최하위 푸념으로 전락하게 되는 것이다.

글은,

내 존재의 이유인 걸까.

이게 뭐라고,

잠시 모른 척 했다고,

나를 이렇게도 고독으로 몰아넣는 걸까.

연필을 세게 쥐는 습관 때문에 굳은살이 생긴 오른손 중지를 쳐다

보았다. 초등학생 때부터 함께해 오던 것이 지금 이렇게 내 눈과 내 마음에 들어오게 된 건 무슨 연유인가. 보기 싫어졌다가 이내 측은해 졌다. 싫으나 좋으나 내가 살아 있을 때까지 갈수록 단단해질 터이니.

결국 더 심해진 나의 고독을 굳은살에 전가시켜 본다.

지금 당신도, 고독한가.

글을 써라.

8. '지금 알고 있는 걸 그때도 알았더라면'
: 예쁜 글로 쓰여졌음 한다

나는 글쓰기가 머뭇거려 질 때면 습관처럼 자문하는 것이 있다.

'내가 쓰고 싶은 글을 쓰고 있는가? 내가 써야만 하는 글을 쓰고 있는가?'

두 가지 다 글쓰기 좋은 이유이다. 전자는 나에게 초점이 맞추어 져 있고, 후자는 타인에게 초점이 맞추어져 있다. 전자는 책을 다섯 권 출간할 때까지 강력했던 마음 상태였고, 후자는 여섯 번째 책을 출간하면서 가지게 된 생각이었다.

내가 쓰고 싶든 쓰기 싫든 "내가 왜 그랬을까?" 나도 모르게 중얼 거리게 되는 옛 기억들이 '독자가 꼭 알았으면' 하는 바람으로 바뀌어 글쓰기 동기부여의 역할을 한다. 대부분 아이들을 키우면서 눈물 과 가슴이 내려 앉았던 일들이었다. 다시는 돌아가기 싫다가도 나의 잘못을 바로 잡을 수 있다면 지금 이 마음 그대로 그때 그 시절로 돌 아갈 수 있으면 좋겠다는, 우왕좌왕의 끝판왕 과거들.

> 엄마 냄새(엄마의 마음)와 엄마 색안경(엄마의 심리)은 콤비 플레이 다. 엄마가 색안경을 끼고 '내 아이가 소심해'라며 불안해 하고 걱 정하면 아이는 '소심 냄새'와 '불안과 걱정 냄새'를 풍긴다. 아이 의 소심함을 없애려고 노력하지만 소심함이 없어지기는커녕 아이 한테 '소심 냄새'가 배고, 엄마의 '불안과 걱정'이 아이 몸과 마음 에 배는 역효과가 나타난다.

30년 경력의 정신건강의학과 전문의 윤우상 작가님의 《엄마 심리 수업》 책에 나오는 글이다.

나는 엄마 냄새인 엄마의 마음과 엄 마 색안경인 엄마의 심리를 자녀가 아 닌 나 자신에게 가져와 본다. 엄마로서 자격 미달인 년, 나 같은 것도 엄마라고,

다 귀찮아, 혼자 살고 싶어, 힘들어 뒤질 것 같다.

한동안 이런 마음으로 살았다. 지금도 한숨이 나오는 걸 보니 꾀병 부린다고 가졌던 생각들은 아니었네 싶다. 어쨌든 내 마음에선 시궁창 냄새가 나고 있었고, 내 심리는 불안과 우울의 색안경을 끼고 있었다. 불안과 우울의 시궁창 냄새 속에서 내 아이들은 각각 15년, 12년, 10년의 시간을 견뎌주었던 것이다.

왜 이제야 조금 알게 된 것일까. 왜 이제야 많은 후회가 드는 것일까.

그래서 글을 쓴다.

'지금 알고 있는 걸 그때도 알았더라면'이라는 생각을 앞으로는 조금 더 줄여볼 수 있도록. 행운이 따른다면 나와 같은 생각을 타인도 함께할 수 있도록.

변화와 성장이 쉽지 않은 이유는 후회와 고통의 과정이 따르기 때문이다. 강산이 변한다는 세월 동안 내 몸짓과 마음에 배어 있었던 냄새를 빼내고 색안경을 닦아내려면, 또 강산이 변할 만큼의 세월이 필요할지도 모르겠다. 그런데 설렌다. 후회와 고통이 체득되었기 때문일까. 변화와 성장이 기대되어 그런 것일까. 아니면 글을 쓰는 행위 덕분일까.

아무래도 좋다. 나의 새로운 엄마 냄새와 엄마 마음이 앞으로 예쁜 글로 쓰여졌으면 한다.

9. 어리석었던, 어리석은

: 글 쓰는 엄마로

'하필'이라 해야 할까, '때마침'이라 해야 할까.

원고 마무리를 일주일 앞두고 영화 〈말모이〉를 보았다. 조선이 독립되기 전, 우리나라 말의 표준어를 정립하여 사전을 만들고자 한 남자 주인공에게, 친일파가 되어버린 그의 아버지는 눈을 있는 대로 크게 뜨고는 아들을 나무랐다.

정신이 강해져야 나라를 지킬 수 있고, 나라를 지킬 수 있는 정신이 강해지기 위해서는 우리나라 말을 지켜야 한다고 가르쳤던 아버

지의 변심을 압축한 한 줄 대사가 종일 생각났다.

"30년 동안 안 되는 거면 안 되는 거다. 어리석은 놈."

안 되는 건 안 되는 걸까.

그런데 조선은 독립되었다. 어리석을 정도로 모든 걸 다 걸고 나라를 지키고자 했던 수많은 조상들 덕분에.

조상들의 절절한 피가 묻어 있는 우리나라 말로 글을 쓰고 있는 엄마 작가인 나는, 나를 지켜가기 위해 어떤 글을 써야 할까. '엄마인 나'와 '나인 나'를 글쓰기로 지켜갈 수 있을까. 답이 없는 내가 어리석게 보인다. 글만 써 대는 내가.

그런데,

그러다가,

나 자신은 어리석을지 몰라도 '글만 써 대는'이라는 표현으로 우리나라 말과 글의 가치마저 격하시키는 사람이 되면 안 되겠다 싶다.

어리석었던 조상들의 욕망,

그래서 지켜낸 우리나라 말.

어리석은 글쓰기의 욕망,

그래서 지켜가고 있는 '엄마'라는 업.

나는, 글 쓰는 엄마로 살다가 글 쓰는 엄마로 죽고 싶다.

10. 글의 울타리

: 평정심과 공평함

글쓰기를 배운다는 건 내 삶을 잘 살고 싶다는 것.

《강원국의 글쓰기》 책 띠지에 적혀 있는 말이다.

글쓰기는 내 삶을 잘 살아내기 위한 도구이자 행위이다. 그러므로 우리는 글쓰기를 통해 삶을 살아가는, 삶을 통해 글쓰기를 하는 존재들이다.

내 삶을 쓰며 타인의 삶도 궁금해졌다. 나만 쓸 수 있는 이야기, 타인만이 쓸 수 있는 이야기가 상호 작용하며 돌아가고 있

는 것이 우리들 인생이기 때문에 그런 듯하다. 그리고 우리는 글이라는 울타리 안에서 서로 경계심을 풀고, 꽃 한 송이 건네거나 나무에 달린 열매를 따다 씨익 미소와 함께 선물할 수 있다. 이렇게 각자가 할 수 있는 일이, 각자가 쓸 수 있는 글이 다 다름을 알고 서로를 인정하게 된다.

삶을 잘 살아내기 위해 운명 같은 글을 경작하게 된 어느 날 문득, 땅 속 깊이 묻혀져 있던 열쇠를 발견하게 될 것이다. 글의 울타리를 열고 더 넓은 세계를 호기심과 설렘으로 여행할 수 있는 평정심 말이다.

우리가 힘을 합쳐 발견하게 된 평정심의 열쇠가 글 울타리를 다시 그리워하게 될 원동력임도 알게 되겠지.

우리의 삶은 공평함을 누려야 한다. 글의 울타리 안에서. 그리고 글의 울타리 밖에서.

11. 내가 글을 쓰는 이유

: 필요 없다

⋮

둘째아들이 10년째 살고 있었던 재작년, 인생을 40년 산 것마냥 다양한 감정과 행동을 보여 주었다.

"엄마, 나 살기 싫어.", "자꾸 화가 나. 왜 그런지 모르겠어"라는 말을 간간이 뱉어냈다.

휴대폰 번호를 최대한 천천히 누르며 예약을 하고 찾아간 심리상담소에서 아들은 공중에 떠 있는 화산이 곧 폭발 직전이라며 이 세계를 불바다로 만들 기세의 그림을 그렸다. 또 다른 그림에서는 자신을 바다로, 엄마를 토끼로 표현하였다.

나도 모르게 선생님 앞에서 "지랄하네"라고 말을 해 버렸다. 아들을 이해할 수 없다는 속마음을 들켰지만 토끼인 내가, 바다인 아들을 지켜주기 위해서는 튼튼한 배를 만들 수 있는 기술과 항해법을 배워야겠다는 각오를 하게 되었다.

하지만 곧 도대체 엄마 보고 어떡하라는 거냐며 가방을 아들에게 집어던지며 펑펑 울었다. 나 역시 살기 싫다는 일기를 쓰고 있을 때즈음, 아들이 다니고 있는 학교에서 담임선생님의 전화가 왔다.

"어머님, 소서가 없어졌어요."

수업 시간에 공룡메카드를 가지고 놀다가 선생님께 걸렸는데, 선생님의 눈짓에 미동도 보이지 않은 채 선생님과 기 싸움을 벌인 모양이었다. 선생님은 제대로 열이 받으셔서는 말을 듣지 않을 거면 교실에서 나가라고 했고, 아들은 보란 듯이 자리를 박차고 교실을 나감으로써 일찍이 질풍노도의 시기로 접어들었다.

아들을 찾으러 집에서 학교까지 걸어갔던 7분 정도의 시간은 블랙홀이었다. 무슨 생각을 했는지, 어떤 기도를 했는지, 걸음의 빠르기는 어떠했는지 하나도 생각나지 않는다.

학교 뒷문의 벽면 근처에 서 있던 아들과 눈이 마주쳤다. 무슨 말을 어찌 해야 할지도 몰랐고 '니가 무슨 죄가 있겠어'라는 충분한 자아비판으로 그냥 씨익 웃었다.

일단 교실로 돌아가서 선생님께 사과의 말을 드리게 하고는 나는 먼저 집으로 돌아왔다(아들과 같이 교실로 갈까 싶기도 했지만, 아직 감정 정리가 되어 있지 않으실 선생님이 나를 보고 괜한 웃음과 인사를 건네야 하는 어색한 상황을 피하고 싶었다).

아들을 찾았다는 안도감 때문인지, 긴장이 풀려서인지 집으로 향하는 발걸음은 불만스러웠던 걸로 기억한다.

'하나님, 제가 지금 글이나 쓰고 있을 때가 아닌 것 같아요.'

평소에 조금 무서워하고 있던 신의 존재에게 나는 이 때다 싶은 억한 심정으로, 내가 글을 쓸 수 없는 이유에 대해 감성을 충만히 묻혀 하소연을 했다.

억지 같은 내 마음 때문이었을까, 봐 주면 안 되겠다는 신의 배려였을까. 그렇게 원할 때는 묵묵부답이시더니 이번엔 1초도 안 되어 반응을 보이셨다.

너, 글쓰기가 니 삶의 일부분이라며? 그럼 힘들 때마다 밥도 안 먹고 잠도 안 자고 아무것도 안해야겠네.

뭐, 변명할 수가 없었다. 내가 한 말이 있는데, 지금 여기서 뻔뻔함까지 내밀게 되면 나란 사람이 더욱 불쌍해질 것 같았다. 어떤 반박도 하지 못하고 꽤나 깊은 한숨을 쉬었다.

누군가, 엄마인 내가 내 아이를 지켜주고 도와주어야 하는 이유에 대해 물어 본다는 것, 그 물음에 내가 대답한다는 것 자체가 좀 웃긴 일이다. 누군가 나에게 글을 쓰는 이유에 대해 물어 본다는 것, 그 물음에 내가 대답한다는 것 또한 좀 웃긴 일이다. 아들과 함께 살고 있는 엄마인 내 삶, 글과 함께 살고 있는 작가인 내 삶이 지극히 평범하다고 생각하기 때문이다. 그냥 내 삶이니까 담담히 살아내는 것이다. 그리고 내 삶을 담담히 써 내려 가는 것이다.

모든 것에 질문할 필요, 답할 필요가 없는 이유이기도 하다.

내가 글을 쓰는 이유라…….

평범한 내 삶의 일부분이기 때문이다.

12. 모호함과 불안함으로
: 그리고 단단해져 간다

당신은 누구신가요?

질문을 바꾸어 보겠다.

나는 누구인가?

철학서, 인문서적, 글쓰기 책에 한 번씩은 등장할 만한 보편적이고 원대하고 어려운 문장이다. '나를 찾기 위한 여정으로 글을 쓴다'고 한다. 나 역시 공감하는 내용이고. 그러나 답을 확신할 수 있는 투자인지는 모르겠다. 내가 나를 알 수 있다는 것이 가능한 일일까.

순간마다 감정마다 상황마다 나는 변한다. 변하기 전으로 되돌아가기도 하고, 변화를 인식하지 못할 정도로 껑충 뛰어 오르기도 하며, 시체마냥 꼼짝하지 않기도 한다.

'어려운 글은 없으며 익숙하지 않은 사유가 있을 뿐'이라고 하던데, '나'라는 사람이 어려운 연구 대상이 아니라, '나'라는 사람을 연구하는 행위 자체가 익숙하지 않아 '나는 누구인가?'라는 질문에 딸꾹질이 날 수도 있겠다 싶다.

'나'를 정의내리고 '나'를 설명한다는 것은 '나'를 지그시, 또는 뚫어지게 바라본다고 해서 가능한 일이 아니다. 오히려 반대의 행동이 필요하다. '나'를 깨트리거나 해부하거나 시선을 반대편으로 돌려놓는 역동성 말이다. '변화'가 있는 상황 속에서 툭툭 튀어 나오게 될 말과 표정·손짓·선택의 모양들이 '나'의 일부분 정도를 대변해 줄 수 있다.

나의 일부분을 알 수 있는 낯선 상황으로 걸어 들어가는 변화의 선두에 '글쓰기'가 있다. 나 자신을 포함해 그 누군가를, 그 무언가를 알아간다는 건, 손을 움직여 글을 쓰는 변화의 행위를 통해 알고자 하는 대상과 관계를 맺어가는 불안함을 포함하고 있다.

나는 누구인가?

이 여섯 글자의 모호함과 불안함을 기가 막히게 닮아 있는 것, 글
쓰기다.
그러나 우리는,
그리고 우리는,
질문과 함께 글과 함께
단단해져 간다.

13. 내 인생 8할에게

: 또 한 명의 나

"나는 누구인가?"라는 질문으로는 '나'를
알기 힘들다.
이 질문은 "나는 어디에 서 있는가?"라는
탐구로 바뀌어야 한다.

내가 알고 싶은 나, 내가 추구하는 나는 협
상과 성찰의 산물이지 외부의 규정이어서는
안 되므로/아니므로 우리는 늘 생각의 긴장을 놓을 수 없다. 글은
그 과정의 산물이다.

- 정희진 《나를 알기 위해서 쓴다》 교양인 -

위 문장들을 연달아 열 번 정도 읽었다. 믹스 커피와 비타 500을 연달아 마시고 난 듯한 벙벙한 가슴. 그리고 조금 울컥했다. '나는 누구인가?'라는 질문이 멋있어 보여서 마음에 드는데, 답을 쉬이 찾기는 힘들다. '나는 어디에 서 있는가?'라는 질문이 밋밋해 보여서 마음에 들지 않는데, 답을 쉬이 찾았다. 내 인생 8할이 '엄마'로 서 있다. 인정하기 싫었다가 뿌듯했다가 인생 별 거 없네 싶다가 어떻게 살아야 되나 싶다. 벙벙했던 가슴과 울컥거림이 먼저 예언해 주었던 생각들.

이렇게 또 나는 한 손으로 턱을 괴고 한 손으로 글을 쓰고 있다. 누가 보면 멋있다, 여유 있네 할 만한 포즈. 내가 보면 괴롭다, 먹먹하다 할 만한 포즈. 글 쓰는 포즈마저도 양가감정의 삶을 닮아 있다. 얼른 허리를 바로 편다는 게 손을 바꾸어 턱을 괴고 있는 나 자신을 발견하게 된다.

턱을 괴고 글 쓰고 한숨 짓는다는 것이 '생각의 긴장'이리라. 내가 추구하는 나를 알고 싶어 하는 '협상과 성찰의 산물'이리라. '엄마인 나'를 꼬옥 덮어주고픈(안아주고 업어주는 걸로는 부족한) '또 한 명의 나'이리라.

글 쓰는 엄마가 되기 위해

1. 마법사가 내 눈 앞에 나타났다! 그리고 새하얀 연필을 내밀며 말했다. "이 연필은 당신의 생각, 감정을 미리 읽을 수 있습니다. 그리고 당신의 의지와 상관없이 글을 쓰게 합니다." (쓱쓱싹싹. 1분 후) 연필은 어떤 글을 써 놓았는가?

_____

_____

2. 당신에게 '글쓰기'란 무엇인가? 또는 무엇이 되어 주었으면 하는가?

① 정신적 유산 : 엄마의 가치관을 기록으로 남겨둘 수 있으므로

② 마음을 정리해 주는 도구 : 복잡한 생각과 감정들을 글로 쓰고 나면 어렴풋이 해결책이 보이므로

③ 제 2의 인생의 기회 : 작가나 강사가 될 수 있으므로

④ 나 자신을 돋보이게 해 주는 수단 : 커피숍 창가에 앉아 글 쓰고 있는 내 모습, 멋지지 않은가!

⑤ 삶을 성찰할 수 있도록 도와주는 친구 : 머릿속으로 생각만 하고 있는 후회, 반성, 각오, 다짐 등을 글로 쓰면 희한하게도 최고의 나(내가 나 자신에게 바라고 있던 이상형의 모습)를 발견하게 되므로

⑥ 기타 :

3. 짝짝짝! 당신은 엄마 작가가 되었다. 글을 쓰게 된 목적과 주제가 무엇인가?

예 : 내 아이에게 내 삶의 이야기를 책으로 물려주고 싶어서 자전적 에세이를 썼다 / 워킹맘으로 살면서 겪었던 희로애락 이야기를 통해 많은 워킹맘들에게 공감과 위로를 전해 주고 싶어서 워킹맘의 삶의 이야기를 썼다.

_____

_____

_____

_____

_____

4장

엄마와 시(詩)

언어의 절제는

오히려 언어에 더 많은 비중과 암시를 부여한다.

- 류시화 《시로 납치하다》 더숲 -

1. 고통 바로 직전까지 갔던

: 시(詩)는 생필품이다

　'견디는 것'을 수시로 해야 하는 노력이 고통으로 바뀔 때마다 어김없이 시집을 꺼내들게 된다. 능동적인 행위가 아니다. 무엇인가 나를 끌어당기는데, 필사적으로 저항하다가 못내 질질 끌려가 서 있게 되는 곳이 시집을 모아놓은 책꽂이 앞이었다.

　《싸울 때마다 투명해진다》에서 은유 작가님은 말했다. 문학에 눈뜨는 일은 회의에 눈뜨는 일이고, 회의에 눈뜨는 일은 존재에 눈뜨는 일이라고. 그리고 생이 고달플수록 시가 절실했다고.

　몸이나 마음의 괴로움과 아픔을 일컫는

단어가 '고통'이고, 마음속에 품고 있는 의심을 일컫는 단어가 '회의'이니, '회의'는 '고통' 속에 포함이 된다. 고통 속에 포함되는 수많은 단어에 눈을 뜨게 된다는 것은 내가 다음 선택을 어떻게 하느냐에 따라 좋은 징조가 될 수도 있고 불길한 징조가 될 수도 있다. 그 자리에 멈추어 서 있으면 눈 뜬 고통은 불길한 징조였다. 그러나 존재에 눈뜨게 되면 좋은 징조였다.

"언어가 눈에 띄게 거칠어지거나 진부해지면 삶은 눈에 잘 안 띄게 그와 비슷해진다. 그래서는 안 된다고 생각하는 마음들이 계속 시를 쓰고 읽는다."

- 신형철 《슬픔을 공부하는 슬픔》 한겨레출판 -

그래서 그랬었나 보다. 고통을 만나면 시가 나를 끌어당겼던 이유. 멈추어 서 있으라는 뜻이 아니었다. 존재에 눈을 뜨게 하고, 거칠어지거나 진부해진 삶은 안 된다고 일깨워주기 위함이었다. 시는 고통 바로 직전까지 갔던 노력의 산물들이거나, 고통에 풍덩 빠졌다가 한 발 빼내어 다시 노력을 디디게 된 산물들이다. 그래서 시는 철저하게도 현실적인 고통과 닮아 있다.

삶의 여러 가지 모양들 중, 유독 고통을 많이 닮아 있는 시집은 출판의 길이 좁다. 사람들은 고통을 닮아 있는 시를 대면할 만한 담력이 없다. 그러니 '시집'이란 영역은 출판사에 돈이 안 된다.

고민했다. 나는 시가 좋은데, 시를 알리고 싶은데 어떡하면 좋을까.

지금까지 생각해 낸 방법은 두 가지다. 첫 번째는 내가 베스트셀러 작가가 되고 나면, 어떠한 분야의 글을 쓰든 출간계약을 맺게 될 확률이 높아질 것이다. 그때 내가 쓰고 싶었던 시를 배 터지게 쓰는 것이다. 두 번째 방법은 지금처럼 책의 전체 주제에 맞추어 챕터에 걸쳐 쓰는 것이다.

시는 없으면 안 되는 생필품이 아닐지언정, '시는 없으면 안 된다.' 글 쓰고 있는 내 마음은 생필품이다.

'견디는 것'을 조금 더 할 수 있게 해 준,

노력의 한계점을 넘어 고통을 마주볼 수 있게 해 준,

고통을 통해 신이 나에게 주고자 하는 메시지가 무엇인지 생각하게 해 준,

사는 것을 다시 선택하게 해 준,

고로 나는 존재한다고 인정하게 해 준 시를,

모른 척할 수 없다.

2. 생선 용돈

: 일심

"얼마 안 돼요."

머뭇머뭇 내어드린 부모님 용돈에서

"엄만 대가리 좋아한다."

엄마가 쪽쪽 빨던 생선 냄새가 났다.

일

일이 설명할 수 없는 삶을 대신해

심

장으로 이어져 있는 우리는 서로에게 미안해 하다

조지 클로젠. 울고 있는 젊은이.

3. 너희들이 무얼 알겠는가

: 구토

넥타이를 풀어헤치듯

밤을 풀어헤쳐 본다.

허우적대는 나의 몸 사위에

해님은 정신을 차리지 못하고

기어이 구토를 했다는 소문이 들려온다.

내 잘못이 아닐 것이다.

원래 허약했던 해님이란 친구가

공교롭게도 나와 같이 아팠던 것이다.

너희들이 무얼 알겠는가.

자신의 정체를 들킬까 봐 두려워

온힘을 다해 빛을 쏟아내고
손닿을 수 없는 외로운 곳에서
혼자 버티고 있는 것을.
너희들이 무얼 알겠는가.

구

질구질한 말과 행동으로 우리의 오늘을 버무려

토

색하던 너네님들께 퉷!

에드바르트 뭉크. 태양.

4. 또각, 터덜

: 걸음

또각또각.

삶을 살아내기 위한 소리.

터덜터덜.

삶을 살아낸 후의 모습.

걸

터 앉은 벤치에서

음

지를 헤매고 있는 내 발바닥을 구원한 후, 한 번 더

프레데릭 레이턴. 타오르는 6월.

5. 4계절

: 냄새

아침 머리카락에서 나는
봄 냄새.
하루 종일 두 눈에서 나는
여름 냄새.
너네들 보면 가슴에서 나는
가을 냄새.
시도 때도 없이 저린 팔에서 나는
겨울 냄새.

넴

비에서 살아 숨쉬는 라면이 땡기는 초저녁,

새

끼 님은 어김없이 나를 끓여댄다

주세페 아르침볼도. 봄 · 여름 · 가을 · 겨울.

6. 반복

: 전화

엄마, 미안.

지금 좀 바빠.

엄마, 미안.

지금 좀 바빠.

엄마, 미안.

지금 좀 바빠.

전

후 사정은 궁금하지 않아

화

내기 싫으니까 여기서 종료 버튼

리옹 페로. 엄마와 아이.

7. 울컥의 시간

: 자정

가난한 몸짓,

가난한 저녁을 넘어

전쟁 속 천막 같은 밤이 되었다.

촘촘히 박혀 있는 싸구려 쉼표들은

내일이 오리라 놀려대고,

무의미하게 돌려보는 TV 채널들은

어떻게든 시간은 간다 성인군자 흉내를 낸다.

울컥대는 지금을

탄산음료처럼 조금씩,

그러나 시원하게 마실 수 있기 위해
이불을 펼쳐 본다.

탁탁.

부디,
알라딘의 양탄자가 되기를.

자
신만만하게 두 다리를 뻗을 수 없는

정
떨어지는 오늘과 내일의 접점

빈센트 반 고흐. 밤의 카페 테라스.

8. 더 울고 나서

: 세월

· · · · · · · · · ·

먹잇감으로 쓸 수 없는 나의 눈물들이 속상해서
바다에 던져버렸지.
그런데 나의 눈물방울이 맛있었나 봐.
많은 물고기들이 모여드는 거야.
무얼 도와드릴까요, 무얼 도와드릴까요,
여기저기에서 입을 뻐끔거리며 물어보길래
우리 가족들 반찬 좀 되어 주세요, 라고
아주 조그마한 목소리로 대답했어.
내 청을 들어주기 곤란했을거야.
그 물고기들은 어떤 선택을 했냐구?

음,

조금 더 울고 나서 가르쳐 줄게.

오늘 더 울고 나서 가르쳐 줄게.

내일 더 울고 나서 가르쳐 줄게.

세

찬 하루하루들을 낚시 줄에 꿰어

월

척 같은 미래를 건지고픈 푸르른 욕망이 흐르다

가쓰시카 호쿠사이. 가나가와 해변의 높은 파도 아래.

9. 초능력

: 살다

시장바닥 가 보아라.

투박한 말투와 욕으로 웃을 수 있는 데드풀,

천 원을 깎기 위해 박카스 한 통과 맞먹는 에너지를 발사하는

원더우먼,

시커먼 가뭄 길 닮아 갈라져 있는 손끝의 아이언맨.

히어로는 전쟁터에서 탄생되는 법이니

나의 숨겨진 초능력이 발사될 때까지

잘 살자.

살

떨리고 아픈 마음 좋아하는 이 어디 있겠나

다

들 그리 오늘을 떠안는 것이다

폴 세뤼지에. 브르타뉴의 싸움.

10. 콕

: 달님

마지막 내 눈물 한 방울을

콕,

찍어 두었다.

달

래고 또 달래다, 돌고 또 돌다, 결국엔

님

처럼 둥글게 걸어가기로 다시금 다짐해 보는 누우런 눈빛

빈센트 반 고흐. 별이 빛나는 밤에.

11. 그렇게도 봄은 오더라

: 계속

발자국을 지우는 흰 눈의 부지런함은
우리가 흘린 피를 헛되게 하려는 심술일까,
우리가 흘린 피를 깨끗케 해 주려는 배려일까.
절망과 희망의 양가감정이 우리를 질질 끌고 간다.

그렇게도
봄은 오더라.

계

수할 수 없는

속

상함이 찍어대는 발자국은 벚꽃이 될 수 있을까 라는 멍한 시선

전기. 매화초옥도.

12. 헐어 있는 전설

: 가방

내 마음처럼 한 쪽 끈이 헐어 있는
가방 속 전설을 파헤쳐 보았어.

지우개 가루,
껌 종이,
백 원짜리 동전,
카드 명세서,
스프링 노트의 종이 쪼가리,
구멍 난 스타킹,
끊어진 머리 방울,

두 알 남은 타이레놀.

가

고자 하는 곳도 머물고자 하는 곳도 딱히 생각나지 않는
미묘한 내 시간들이

방

방곡곡 흐르고 흐르다 나만의 어항으로 탄생되다.

베르트 모리조. 로리앙 항구.

13. 손사래를 걸어두었던

: 명절

내가 마시고 있는 커피에 감 하나를 키우며 숨죽이는 계절.

엄마가 마시고 있는 메밀차에 밤송이 하나를 벗기어

예쁘다 말하는 계절.

그러다가, 그러다가,

서로의 뒷모습이 못내 아쉬워

가을하늘, 가을나무, 가을눈물 곳곳에 손사래를 걸어두었던

지난 추석 울 엄마의 세월 농사.

나는 이제 뜨거운 찻잔 속에서

침묵의 감이며, 두서없는 밤송이며

그 모든 것을 단숨에 익혀내련다.

울 엄마의 낙화하는 마음들이

추운 겨울을 대비할 수 있도록.

명

색이 자식인데, 명색이 엄마 새끼인데

절

만 하고 돌아오면 쓰겠나 싶어

남은 날도 잘 살아보자 다시금 눈물을 수확하다.

클로드 모네. 우리집 뜰의 카미유와 아이.

14. 이유

: 그저

삶은 근사한 것이 아니다.
사랑은 근사한 것이 아니다.
그저,
살아내는 것이다.

삶을 사랑이라 불러도
무방한 이유이다.

그

렇게 평범한 우리의 삶은 비범한 사랑을 가슴에 품고

저

물어가는 해를 바라보면 된다

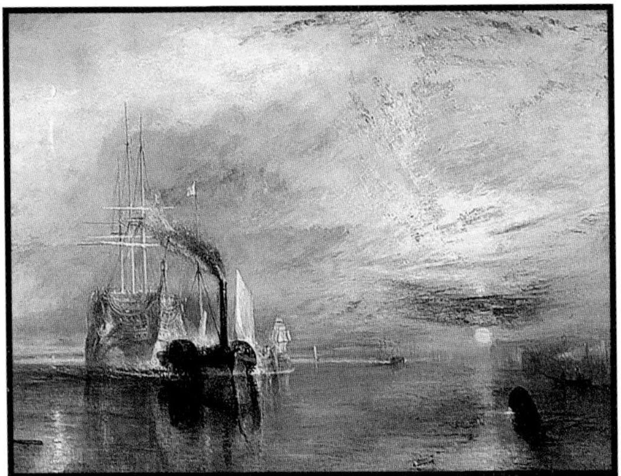

윌리엄 터너. 전함 테메레르.

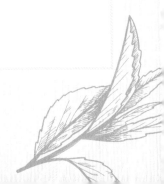

15. 진짜 꽃

: 운명

꽃잎 하나 따다가 잘근잘근 씹어
내 뱃속에 집어 넣는다고
향기 나는 인생을 살게 되거나
꿀벌들을 불러 모을 수 있는 능력이 생기는 게 아니다.
예쁜 꽃을 그저 바라볼 수밖에 없는 나의 시선을 아쉬워하며
돌아서는 뒷모습 그대로 살아가라.

그러면 꿀벌은 헷갈려할 것이다.
길가의 꽃이 진짜 꽃인지
니가 진짜 꽃인지.

운

다고, 웃는다고

명

이 달라지지 않을 테니 그대 꽃이여! 그냥 편하게 활짝 펴

모리츠 폰 슈빈트. 아침시간.

16. 이것이

: 다움

나다움.

아름다움.

사람다움.

이것이

우리다움이다

다

리미로 반듯하게 펴 보고자 하는 우리의 다짐에

움

찔 겁먹은 오늘의 치열함

디에고 리베라. 꽃 노점상.

17. 시옷과 쌍시옷

: 우리

소소한 우리

시시한 우리

쉬쉬한 우리

씨씨한 우리

쌀쌀한 우리

쓸쓸한 우리

그래도

詩詩한 우리

우

는 글과 웃는 글로

리

코더를 불어보자.

그랜마 모지스. 퀼팅 비.

18. 비정상

: 시(詩)를 좋아하는 엄마

최승자 시인은 말했다.

"문학은 슬픔의 축적이지, 즐거움의 축적은 아니거든요. …… 세상이 따뜻하고 정상적으로 보이면 시를 못 쓰게 되지요."

'세상이 따뜻하고 정상적으로 보이면 시를 못 쓰게 되지요.' 글귀에 밑줄을 그었다. 이내 가슴이 찌릿거렸다. 시를 좋아하는 내가 정상은 아니구나. 그래, 엄마로 잘 살아내려면 나사를 살짝 풀어야 된다. '완벽'이란 단어도, 완벽에서 힘을 뺀 '최선'이란 단어도 더 풀어야 된다. 그리고 나에게 물어본다.

시로 써 내는 힘들다, 외롭다, 억울하다, 불안하다, 살기 싫다, 의 완곡 표현을 현장으로 가져오는 정상적인 사람이 될 수 있을까.

물음 5초 뒤 눈과 코가 뜨거워지는 걸 보니, 불가능한 일이지 싶다. 이대로 나는, 시를 좋아하는 비정상적인 엄마로 살아야 하는 듯하다.

문득, 내 유산을 시집으로 해야겠다는 생각이 들었다. 그당시, 그때, 그날 내가 얼마나 아팠는지 꺼이꺼이 울어 줄 단 한 사람의 마음을 기대하며 말이다. 뭐, 울어주지 않아도 괜찮다. 나를 위해 어느 누군가는 울어 주리라 믿으며 나는 죽어 있을 테니.

살아 있는 지금의 내가 시를 쓸 수 있으니.

시인놀이

제가 쓴 시들 중, 하나를 선택해 단어나 문장을 재창조하여 시인이 되어볼
까요? 새롭게 써 보시면 더 좋구요.

_____

_____

_____

_____

_____

_____

_____

_____

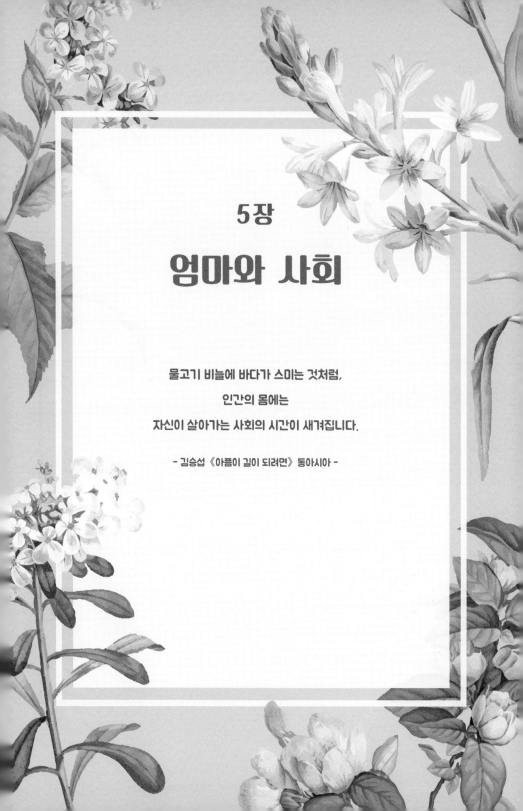

5장

엄마와 사회

물고기 비늘에 바다가 스미는 것처럼,

인간의 몸에는

자신이 살아가는 사회의 시간이 새겨집니다.

- 김승섭 《아픔이 길이 되려면》 동아시아 -

1. 숫자와 행복
: 우리가 지켜가야 할 기준

아파트 평수는 부채 없이 30평, 월급은 500만 원 이상, 2천cc급 중형차, 예금 잔고는 1억 이상, 해외 여행은 1년에 3번.

연봉정보사이트에서 직장인들을 대상으로 '당신이 생각하는 중산층의 기준'에 대해 설문을 한 결과이다. 숫자 투성이다. 또 다른 숫자들을 살펴보자.

2015년부터 2017년까지 단기 평균 행복지수 상위 10개국을 1위부터 순서대로 소개하면 핀란드, 노르웨이, 덴마크, 아이슬란드, 스위스, 네덜란드, 캐나다, 뉴질랜드, 스웨덴, 호주이다. 2005년부터 2017년까지 장기 평균을 내어 봐도 10개국들의 순서만 달라질 뿐이다.

행복지수는 고용률과 어떤 상관관계가 있을까.

일본을 예로 들면 고용률이 높아질 때 행복지수는 정체 또는 하락했다. 그렇다면 고용률이 낮아져야 행복지수가 높아진다는 건가. 당연히 아니다. 행복지수 상위 10개국의 남성 고용률은 일본보다 뒤처지는 반면, 여성 고용률은 더 높다(단기 평균 행복지수 세계 1위인 핀란드는 성별 고용률 차이가 OECD 국가 중 가장 적다).

남성과 여성의 고용률이 일정 수준 이상 벌어지면, 행복 순위에서 뒤처질 확률은 100퍼센트에 가깝다고 한다.

성별 고용률과 관련하여 여성의 저임금 비율도 행복지수 영향에 한 몫 한다. 결국 아무리 일자리가 차고 넘쳐도 성별 고용률 차이가 높고 여성에게 돌아가는 임금이 부진하다면 삶에 대한 행복지수 역시 낮을 수밖에 없다는 뜻이 된다. OECD 35개국 중 성별 고용률 차이 비율 32위, 여성 고용률 29위. 우리나라 성적이다.

성별 고용 격차와 노동시간을 줄이는 것이 행복지수를 높일 수 있는 방법 중 하나인데, 이는 개인이 해결할 수 있는 단순한 문제가 아니다. '일자리가 창출되었다'는 사실에만 가치를 둔다거나, "잘했다." 칭찬하고 공감할 일이 아니라는 것이다.

30평 아파트, 500만 원 월급, 2천cc급 자동차, 1억 원 잔고, 1년에 3번 해외 여행. 단순한 숫자로 매겨진 한국 중산층의 기준처럼 말이다.

물론 없는 거보다는 있는 게 좋고, 적게 버는 거보다는 많이 버는 게 좋고, 적게 남아 있는 거보다는 많이 남아 있는 게 좋다. 그래서 다음 액션은 정해졌는가? 혼자 잘 먹고 잘 사니까 행복한가? 이웃이 죽어가고 사회가 기울어지고 세계가 혼란해 지는 것이 나에겐 아무렇지 않은 일인가?

장담컨대, 기울어짐과 혼란과 죽음은 결국 나에게로 돌아온다.

가시적이고 가벼운 행복의 형태가 아닌,

거시적이고 중후한 행복의 형태를 생각하고 만들고 지켜가야 한다.

중산층 기준을 나의 현실로 만들기 위해 고군분투할 게 아니라, 내 옆의 사람들 중 한 명이라도 더 행복할 수 있는 기준이 우리의 기준이 되어야 한다.

우리가 성별 고용 격차와 노동시간을 줄일 순 없겠지만, 우리가 지켜가고자 하는 기준이 무엇인지에 따라 숫자와 행복의 가치 유무가 정해진다.

2. 내 인생의 영역 안에서

: 나다운 영웅 되기

⋮

기회 자체가 평등하지 않는, 출발선부터가 다른 구조 속에서 '능력주의'라는 말은 허구다.

일본 18.5퍼센트, 미국 28.9퍼센트, 한국 74.1퍼센트. 약 1조 2천 400억 원 이상의 재산을 가지고 있는 부자들 중 상속 또는 증여로 부자가 된 비율이다. 기회와 능력으로 인한 계층 이동 자체가 불가능하다는 뜻이다.

"유품 정리를 하다 보면 지병이 있으셨거나 술에 의존해서 삶을 어렵게 연명해 오신 분들이 많습니다."

고독사 현장을 수백 건 이상 정리했다는 유품정리사의 말이다. 경제적 불평등은 죽음을 건너가면서까지 사람을 차별한다.

우리나라가 고성장 시기였을 때에는 노력이 능력이었고, 이것이 성공의 공식과 같았다. 그래서 '무능은 가난'이라는 말로 대체 가능했다. 지금은 어떠한가. 노력이 능력이 되는 시대인가. 노력하고 능력이 쌓이면 반드시 성공하게 되어 있는가. 구닥다리였던 공식은 사라졌지만, 어찌된 일인지 그와 쌍둥이였던 '무능이 가난'이라는 인식은 변하지 않고 있다.

세상이 이러한데, 나는 74.1퍼센트 비율에 들지 못하는데, 몸과 마음에 지병이 있는데, 나답게 살지 못한다면 이것은 내 책임이다.

내 마음대로 할 수 있는 오직 한 존재, 나.

부수고 갈고 깎고 다듬고 꾸며 주어야 하는, 나.

가난에 고개 숙이지 말고 내 기준에서 옳은 최선을 다해 살아가고 있다면 자신감을 가져야 하는, 나.

영화 〈어벤져스〉 시리즈의 악당 타노스처럼 온갖 못된 짓 하면서, 자신의 잘못된 신념을 정당화시켜 가면서, 손가락 튕겨가면서, 세상을 쥐락펴락하는 짓, 모양 빠진다. 타노스는 죽었다. 언젠가 우리도 죽는다.

그러니 내 인생의 영역 안에서 캡틴 아메리카의 방패로 막아야 할 건 철저히 막고, 아이언맨의 레이저로 쏴 줘야 할 건 정정당당하게 쏘고, 토르의 망치로 두드려야 할 땐 정확한 곳을 두드리고, 원더우먼의 채찍으로 잡아야 할 땐 확실히 잡으면서 나답게 살자.

내 인생의 영역 안에서 변화하고 성장하면서 떳떳한 영웅으로, 그렇게 살자. 진짜 영웅은, 치열한 삶을 잘 살아내는 사람이다.

영웅의 옳은 선택을 위해

변화와 성장, 옳은 최선을 선택해서 영웅다운 모습을 보여 주었던 때를 떠올려 보자.

예 : 아들이 내 말꼬리를 잡고 늘어지면서 자꾸 따졌다. 화가 나서 소리를 크게 지르고 싶었지만 잠시 침묵 후, "지금은 기분이 좋지 않으니까 나중에 이야기하자"라고 말했다.

_____

_____

_____

3. 나도 별 수 없다

: Next

· · · · · · · · · · · · · ·

"스스로에게 솔직해 지자면 세상은 한정된 자원을 두고 제로섬 경쟁을 벌이는 전쟁터나 마찬가지이므로 자신이 유리한 지위를 차지하고 있고 운 좋게 출생 복권에도 당첨된 이상 앞으로 세계에 무슨일이 벌어지더라도 결국 상대적으로는 늘 그랬듯이 승자가 되리라고 믿었을지도 모른다."

출생 복권.

《2050 거주불능 지구》에 나오는 말이다.

우리 모두는 출생 복권에 당첨된 자들이다.

나는 복권에 당첨되어 40년을 살아가고 있는

중이다.

글 읽고 글 쓰는 삶을 살 수 있어 행복하다. 아들 셋과 지내면서 '원래 남자의 뇌 구조는 여자의 말을 듣지 않도록 되어 있다'는 말을 의지하고 위안 삼고 있다. 나의 본성을 낱낱이 까발리는 이들의 언행, 나의 언행을 곱씹고 곱씹으며 기도를 안 할 수가 없다. '이 또한 지나가리라'가 '이 또한 지나갔다'가 되는 순간, 또 행복하다.

18년째 내 엉덩이를 두드려 주며, 18만 원짜리 금 귀걸이를 사주고 싶어 하는, 어쩜 이렇게도 사람이 변함 없을까 싶을 정도로 날 사랑해 주는 남편이 있어 행복하다. 잘 자라주어 고맙다는 말과 함께 어깨춤을 덩실덩실 거리는 아주머니 이모티콘을 일주일에 서너 번 보내주는 엄마가 있어 행복하다. 이래저래 행복하다.

가만, 2100년이 되면 기온 상승으로 지구가 거주 불능 상태가 될 수 있다고?

(기후 변화는 규모, 범위, 시간 등 너무나 거대하고 복잡해서 제대로 이해할 수 없는 개념에 해당된다. 그래도 최악의 시나리오를 예상해야 범주 안에서 한계를 정할 수 있고, 한계 내에서 경우의 수들을 파악할 수 있다.)

'내가 죽고 없을 때네. 다행이다.' 싶었다. 그러나 이내 '그럼, 지구가 망가지는 징조가 보일 2070년, 2080년, 2090년을 살아갈 내 새끼들과 내 새끼들의 새끼들은 어떡하고?'라는 심각한 생각이 들었다. 나만 괜찮으면 괜찮다는 못된 마음 때문에 지구와 사람들이 이 모양 이 꼴이 되었는데, 작가라는 사람도, 엄마라는 사람도, 대한민국 국민이라는 사람도, 나라는 사람도 별 수 없구나.

경쟁률을 가늠할 수 없는, 오직 신만이 알고 있으며, 오직 신만이 결정할 수 있는 '출생 복권'에 당첨된 나는, 무지했고 교만했다. 신이 내 곁에 두신 우리 엄마는 이런 나를 진즉 알고 있었다. 가끔 "지 밖에 모르는 이기적인 년." 신의 메시지를 전해 주었으니.

눈물이 차올랐는데 정지시켰다. '역시 나는 깨달을 줄 아는 대단한 존재였군'이라는 생각이 딸려왔기 때문이다. 형편없구나.

그러나 이제는 나에 대한 절망을 통해 신이 나에게 허락해 주신 생명, 가족, 책, 글쓰기, 행복과 함께 지구와 인류를 향한 희망을 심어 보려 한다. Now와 병행되어야 할 것은 Next이다. '지금 나의 행복'이 '내 아이들의 행복'이 될 수 있도록, 엄마인 나와 그대, 어른인 나와 그대가 인식의 변화, 행동의 변화를 보여야 할 때다.

'나도 별 수 없다'는 깨달음.

인간을 추락시키는 절망도, 인간을 구원하

는 희망도 그 부근에 있다.

오롯이 인간으로서 살고자 하는 마음.

그리하여 인간이란 한계는 오히려 구원이

된다.

　　　　　- 권석천 《사람에 대한 예의》 어크로스 -

한계가 구원이 되기 위해

1. '나도 별 수 없다'는 생각을 하게 되었던 상황을 떠올려 보자.

예 : 선배가 내게 화풀이식의 말과 행동을 보여서 갑질한다는 생각이 들어 며칠 동안 기분이 불쾌했다. 그런데 어느 순간 '나도 우리 아이들에게 갑질하고 있었네'라는 깨달음(?)이 들었다.

_____

_____

2. '나도 별 수 없다'는 것을 깨닫고 난 뒤, 어떤 행동을 취했는가?

예 : 유튜브로 강의 동영상을 들었다. 타인의 말과 행동에 기분이 나빴다면 그것은 "내 과거의 아픔과 연결되는 말이 바로 가슴 아픈 말의 핵심이다"는 것이다. 그리고 거짓말처럼 불쾌한 감정이 사그라졌다.

_____

_____

4. 죄인의 삶을 궁금해 한다는 것

: 지겹도록 그리 해야 한다

"멈출 수 없었던 악마의 삶을 멈추게 해줘서 고맙습니다."

텔레그램 '박사방' 운영자 조주빈이 경찰서 앞에서 했던 말이다. '멈출 수 없었던'에서는 자신의 나약한 의지를 범죄의 한 요소로 삼아 이용하고 있고, '악마의 삶'에서는 자신을 악마로 비유하며 반성하는 느낌을 주려는 의도가 있으나 1인칭 시점인 '나'를 집어 넣어야 할 곳에 3인칭 시점인 '악마'를 대신 사용함으로써 죄에서 한 발 슬쩍 빼려는 의도도 보인다.

'고맙습니다'는 무슨. 어디다 대고, 누구한테, 함부로 고맙다는 말을 내뱉는가. 고맙다는 말의 의미와 가치를 격하시키는, 조주빈이 주는 고맙다는 마음은 일절 사양한다.

"범죄자에게 서사를 부여하지 마십시오. 범죄자에게 마이크를 쥐어주지 마십시오."

같은 날, 가수 김윤아가 SNS에 올린 글이다. 나는 이 말을 여러 번 읽었다.

'서사를 부여한다.'

연민이 담긴 사연에 동조를 해야 할 것만 같다.

'마이크를 쥐어주다.'

언변에 따라 옳고 그름의 판단이 정지될 수도 있을 것만 같다.

진짜 미안하고 진짜 죄를 지었다 생각한다면 할 말이 없어야 하는 게 정상 아닌가. 오죽하면 그랬겠냐, 이해 좀 해 주고, 그런 뜻이 아니라, 미안하긴 한데, 로 시작하는 서사를 마이크 잡고 하면 안 되는 것이다. 조주빈 너는, 특히나 더.

궁금해진다.

조주빈 과거 삶의 모습은 어떠했을까. 확실히 짚고 넘어가자. 죄인의 일부분을 궁금해 한다는 것은 공감을 위한 마음이 아니다. 나의 궁금증은 엄마로서 내 새끼를 잘 키우기 위한 수단으로 가지게 된 것이다. 범위를 넓혀 더 정확히 말하자면, 어른으로서 하지 말아야 할 말과 행동을 깨닫기 위해서이다.

범죄자의 생각, 표정, 말, 몸짓을 구성하고 있는 것은 부모의 양육 방식뿐만 아니라 그들의 사회 구성원이자 타인이자 지인인 우리의 태도도 포함된다. 범죄자만 탓하고, 범죄자의 부모만 탓하는 것은 쉽고 마음 편한 일이다.

사회심리학자 필립 조지 짐바르도는 《루시퍼 이펙트》에서 말하고 있다.

"악한 일을 행하도록 만든 상황과 시스템에 주목해야 한다."

나도 모르게 나도, 악에 동조하고 악을 선이라 조작하고 있진 않았는지, 서늘하고 서글픈 감정이 든다. 한 아이의 생의 모습, 백 퍼센트 부모 책임이 아니다. 수많은 타인들에게 수많은 영향을 받게 될 테니까. 역으로 생각하면, 내 아이는 범죄자가 되지 않는다 보장할 수 없다는 뜻이다. 나만 잘 살아서, 내 아이만 잘 키워서 될 일이 아니다. 조주빈 한 명 잡는다고 될 일이 아니다. 범죄 행위를 묵인하고, 성 착취 영상물을 보았던 26만여 명 남자들의 죄값과 삶을 놔 둘 작정인가. 제 2의 그들을 만들 작정인가.

우리 엄마들은,

우리 어른들은,

우리 사회는,

지겹도록 반성하고

지겹도록 고민하고

지겹도록 노력해서

'최선의 방안'이라는 걸

지겹도록 재생산해야 한다.

(어떤 아이가 쓰레기를 길거리에 버리고 간다. 우리의 한 마디가 필요하다.

"애야, 쓰레기가 떨어졌네. 몰랐지? 조금만 더 가면 쓰레기통이 있으니 주워서 가자."

만약 "아줌마가 뭔 상관이예요?"라고 따진다면, 그냥 아무 말 없이 그 아이를 안아줄 것이다.)

5. '엄마 참사'가 되지 않기 위해

: 국가, 알겠습니까?

삶의 터전을 빼앗긴 용산 4구역 상가 세입자와 철거민단체 간부 서른 두 명이 화염병을 만들어 농성, 철거전문업체 직원들과 경찰특 공대와 경찰 헬기와 테러 진압 전문 특공대 투입, 생존 농성자 전원 유죄, 농성자들의 석방을 요구하며 촛불집회를 열었던 인권단체 활 동가 유죄.

2009년 1월 20일 발생한 용산 참사에 대 해 유시민 작가님은 《국가란 무엇인가》에서 부드러운 어투로 자신의 생각을 말했다.

"자기가 마땅히 받을 권리가 있다고 여기 는 어떤 것을 얻기 위해 건물을 점거하고 인

화물질을 반입한 것이 명백한 불법행위였다고 할지라도, 공권력을 무분별하게 행사하여 사람들을 죽음의 구렁텅이로 밀어 넣는 국가의 행위는 훌륭하다고 할 수 없다."

'국가의 행위는 훌륭하다고 할 수 없다'라는 것은 국가의 행위는 잘못되었다, 납득할 수 없다는 뜻이다. 내 방식으로 표현하면 그당시 국가의 행위는 정상이 아니었다.

고양이를 보고 쥐가 미친 듯이 덤벼들려고 할 때는 자신의 죽음을 예감할 수밖에 없는, 쥐구멍도 없는 상황이다. 국가는 절실한 상황의 국민 앞에서 고양이가 '되었다.'

이어서 유시민 작가님은 '국민의 울부짖음'을 '도시게릴라'로 규정한 국가의 모습에 서로 다른 네 가지 주장들이 모여진 것을 소개해 주고 있다. 당신은 어느 쪽인가.

첫째, 국가는 본분을 잘 이행했다는 주장이다. 농성자들은 범죄와 무질서의 주범이었고, 여기서 국민을 지켜 주는 것이 국가의 임무다, 그러므로 국가는 마땅히 해야 할 일을 한 것뿐이라는 입장이다.

둘째, 국가는 절대 하지 말아야 할 일을 했다는 주장이다. 농성자들은 개발이익을 얻으려는 건설회사와 재개발조합을 상대로, 자신들의 터전을 지키기 위해 최후의 수단을 쓸 수밖에 없었다. 갑을관계가 확실하고 그 격차가 큰 민간 분쟁에 국가가 끼어들어 폭력을 써서 사람을 죽게 만든 것은 국가의 잘못이 명백하다는 의견이다.

셋째, 국가는 원래 그렇다는 시선이다. 국가란 기득권자들을 지켜 주고 유지시켜 주기 위한 도구로서 원래 그러하다는 견해이다.

넷째, 국가가 해야 할 일을 제대로 하지 않았다는 입장이다. '용산 참사'는 건설회사와 재개발조합의 이익에 치우쳐 법이 집행되었다, 국가는 법을 정의롭게 실현하지 않았다, 그러므로 국가는 해야 할 일을 바르게 하지 않았다는 이야기다.

나는 국가의 모습에 대한 네 가지 주장을 읽으면서 곧바로 '엄마 란 무엇인가, 나는 네 가지 주장 중에서 내 아이들에게 어떤 엄마로 기억되고 싶은가'를 생각하게 되었다.

1. 우리 엄마는 할 일을 했어.
2. 우리 엄마는 절대 하지 말아야 할 일을 했어.
3. 우리 엄마는 원래 그런 사람이야.
4. 우리 엄마는 해야 할 일을 제대로 하지 않았어.

세 번째 주장은 해석하기에 따라, 그 뜻이 달라지는 애매모호함 때문에 싫고, 두 번째와 네 번째 주장은 아, 이런 엄마는 안 되고 싶다. 아이에게 집착하지 않으면서, 엄마로서 기본적인 책임감에 충실하며, 엄마인 자신의 삶을 잃어버리지 않은 당당함이 느껴지는 '우리 엄마는 할 일을 했다'는 첫 번째 주장이 마음에 든다. 개념이 모호한 '훌륭한 엄마'가 되기 위해 노력하고 싶진 않다는 내 뜻이 포함되어 있기 때문이기도 하다. 대신, 나에게만큼은 개념이 확실한 '행복한 엄마'가 되고 싶다. 물론 책임감과 당당함을 포함시켜야 가능한 일이다.

그러나 국가는 '행복한 엄마'가 되고 싶은 나와 그대를 위해 '훌륭한 국가'가 되어주어야 한다. 여기에 아리스토텔레스가 옳은 소리를 얄밉게 하고 있다.

Aristotle
(BC 384~BC 322)

"훌륭한 국가는 우연과 행운이 아니라 지혜와 윤리적 결단의 산물이다. 국가가 훌륭해지려면 국정에 참여하는 시민이 훌륭해야 한다. 따라서 시민 각자가 어떻게 해야 스스로가 훌륭해질 수 있는지 고민해야 한다."

알겠고, 일부 공감한다. '행복한 엄마'와 더불어 '훌륭한 시민'도 될 수 있도록 국가와 엄마는 할 일을 제대로 하고, 절대 하지 말아야 할 일은 서로 하지 않는 것으로 합의 보았음 한다. 아리스토텔레스의 말에 전적으로 동의할 수 있도록, '용산 참사'든 '엄마 참사'든 다시는 이런 일이 없도록 서로가 지혜롭고 윤리적이게 고민하고 행동했으면 한다.

국가, 알겠습니까?

'엄마 참사'를 막기 위해

1. 엄마로서 지금 내가 잘 하고 있는 점은?

예 : 아이들에게 공부하라고 닦달하지 않는다.

_____

2. 엄마로서 고치고 싶은 점은?

예 : 엄마와 놀고 싶어 하는 아이들의 눈빛을 무시하는 것.

_____

3. 아이들에게 어떤 엄마로 기억되고 싶은가? 미래로 가서 내 아이들을 인터뷰해 보자.

예 : "엄마는, 제 마음을 이해해 주려고 늘 노력하셨어요. 유쾌한 분이시기도 했구요. 글 읽고 글 쓰는 모습은 뭐랄까, 자랑스러웠죠. 평범함 속에서 행복했어요."

_____

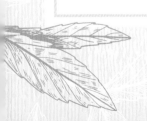

6. 밑 빠진 독에 물을 붓다 보면
: '진실을 아는 건 불가능하다'는 진실 앞에서

:
:
:
:
:
:
:

'세월호 사건'은 사실이다. '세월호 사건이 왜 일어났는지 알아야
하는 것'은 진실의 영역이다.

"사람들 사이의 진실을 정확하게 안다는 건 불가능하다는 것, 그
게 진실이다"라는 말에 시선이 머물 수밖에 없음 또한 나에겐 사실
이자 진실이다. 그래도 엄마인 우리들이 포기할 수 없는 게 '진실'이
지 않는가.

내 아이를 사랑하고 있다는 진실.

내 아이를 잘 키워내고 싶다는 진실.

엄마의 존재감이 무너지는 순간을 매번 맞이하게 되는 진실.

밑 빠진 독에 물을 붓기 위해 또 다시 일어나게 된다는 진실.

　　나는 내 아이들을 향한 마음과 엄마의 역할 부분에서 나름의 진실을 실천하다가도, 진실을 부정하며 경멸하기도 한다. 그런데 엄마라는 게 싫고, 엄마의 역할이라는 게 싫고, 엄마의 책임이라는 게 싫어지는 순간, '나'라는 사람 자체가 사그라드는 느낌이었다. 진실을 숨기기 위해 종이뭉치들을 태우거나 녹취물들을 없애거나 다른 이를 매수하는 일을 하는 사람들도 분명, 자신이 타들어가고 없어져가는 느낌을 가졌을 것이다.

　　'한계'라는 건, '포기'와 '최선' 둘 중 하나를 선택하게 한다. 사람이 사람다울 수 있는데 사람다움을 포기했을 때, 엄마가 엄마다울 수 있는데 엄마다움을 포기했을 때, 한숨을 쉬며 밑 빠진 독에 부어댔던 물을 먹고 있었던, 꽃 한 송이라는 진실은 죽음을 맞이하게 된다.

　　우리의 한계를 알기에 정해진 상황과 시간과 역할 속에서 최선을 다해 평범함을 지켜내고, 밑 빠진 독에 물을 부으며 진실이 무엇인지 고민한다. 그리고 우리 눈에 보이지 않지만 꽃 한 송이는 생명을 유지해 간다.

　　'진실을 아는 건 불가능하다'는 진실 앞에서, 우리의 한계 앞에서, 우리는 포기가 아닌 최선을 선택한 자들이다. 왜? 내 아이를 지켜내고 있으니까. 내 아이가 살아갈 사회를 지켜내야 하니까.

7. 강물처럼 울었다

: 공감의 내주화

대한민국 성인 인구 네 명 중 한 명은 한 가지 이상의 정신질환을 경험한다고 한다. 하지만 그 가운데 정신과에 가서 치료를 받는 비율은 22.2퍼센트. 정신건강 선진국이라 불리는 캐나다, 미국의 절반 수준이다. F코드. F는 세계보건기구가 정한 국제질병분류에서 정신질환 앞에 붙이는 알파벳으로 우울증은 F32로, 공황장애는 F41로 질환 분류를 위해 사용되고 있다.

F코드가 진료기록 카드에 남아 취업 또는 사회생활에 지장이 있다는 가짜 뉴스(기업은 개인의 의료기록을 볼 수 없다), F코드를 남기지 않기 위해 치료비가 몇 배 더 드는 데도 건강보험 적용을 받지 않으려는 사람들, 정신적인 문제를 가지고 있는 사람들은 정신 상태가

약해 빠져서 그렇다는 개인 및 사회적 인식, 정신질환을 예비 범죄자의 속성이라 치부하는 현실(2016년 경찰청 통계를 보면 폭력·살인사건의 대다수는 정신질환 무경험자였다).

"개개인의 인생은 모두 다른데, 왜 답은 '인생은 원래 그런 것'이라는 말로 '퉁'쳐 지는가. 우리는 아픔을 견뎌야만 하는 변태들인가. 타인의 아픔을 무감각하게 봐야만 하는 어떤 이유라도 있는 것인가."

KBS 이인건 PD의 말이다.

정혜신 박사님은 《당신이 옳다》에서 '공감의 외주화'라는 표현을 쓰셨다. 이와 함께 심각한 우울증이 있는 중 2 남학생의 이야기를 소개하고 있다. 상담과 치료 모든 것을 거부하고 약도 먹기 싫다고 하는 아이. 그런데 이 아이가 예전에는 하지 않았던 행동을 보였다. 엄마 옆에 앉아 있기도 하고 차려주는 밥을 맛있게 먹는 것이었다. 시간이 지난 후, 아이는 엄마에게 말했다.

"엄마랑 손잡고 병원을 오고 갔던 그 시간이 너무 좋았어요. 병원 근처에서 엄마랑 먹었던 돈가스도 너무너무 맛있었어요. 의사 선생님 말씀을 들을 때 흔들리던 엄마의 눈동자를 보면서 엄마가 나 때문에 힘들어 하고 있다는 걸 알았어요. 그리고 안심했어요."

자신이 엄마에게 귀한 존재였다는 사실을 알게 된 것이다. 정혜신 박사님께 이 이야기를 전해 주었던 아이의 엄마는 '강물처럼 울었다'고 한다.

'강물처럼 울었다.'

한 문장에 내 마음이 한동안 머물렀다. 슬프고도 행복한 느낌. 가슴 벅참으로 강물이 힘차게 흘러가고 있는 느낌. 나도 강물이 된 느낌. 글이라는 매개체를 통해, 엄마라는 이름을 통해, 공감하고 이해하고 위로하고 있다는 뜻이 아닐까 싶다.

이인건 PD의 말을 다시 되뇌여 보자. 이 아이와 엄마에게 "인생은 원래 그런 거예요.", "그만큼 안 힘들고 안 아픈 사람이 어디 있나요?"라고 말할 수 있는가. 아니, 말해서야 되겠는가. 아이의 우울증, 엄마의 어수선한 삶의 모양과 속도를 개인의 문제로 치부할 수 있느냐를 묻고 있다. 설사 개인의 문제라 할지라도 이들의 아픔마저 개인이 알아서 해결하라고 할 수 있느냐를 묻고 있다.

나의 타인이 강물처럼 울 수 있도록, 나의 타인이 공감의 내주화를 경험할 수 있도록, 우리는 그리 살아야 한다. 혼자 잘 먹고 잘 살려는 생각, 버리길 바란다. 부디. 제발.

　너도 행복하고 나도 행복할 수 있는 길은 눈물로 채워진 강물을 '이해와 공감'이라는 배를 타고 건너는 것이다. 내가 직접 강물이나 배가 되어도 좋고.

'공감의 내주화'를 위해

1. 내가 이해 받고 공감 받고 있다는 생각을 하게 되었던 타인의 말이나 행동은 무엇이었는가?

　예 : 엄마가 "잘 살아 주고 있어서 고맙다"라고 했을 때

_____

2. 지금 내가 이해하고 공감해 주고 싶은 사람이 있는가? 있다면, 그 이유는 무엇인가?

_____

8. 코로나와 엄마
: 지금 내가 할 수 있는 최선

2006년 호주의 한 주지사는 자신의 우울증을 고백하며 치료를 위해 스스로 주지사직에서 내려 왔다. 스타 정치인으로 높은 인기가 탄탄대로였던 때였다.

"가끔씩 길에서 사람들이 말해요. 자신도 정신질환을 앓고 있는데 저의 고백을 듣고 주변 사람들에게 자신의 병을 말할 수 있게 되었다구요. 우울증이나 불안의 가장 큰 문제는 사람들이 본인의 상처를 직면하지 않는 데에 있어요. 그러나 회복의 첫 단계는 자신의 감정을 솔직히 이야기하고 도움을 받으려는 마음 자세에 있습니다."

주지사의 용감한 행로는 정신질환에 대한 인식의 변화, 사회적 관심을 불러 일으켰다. 이제 호주는 정신건강 선진국으로 인정받고 있고, 정신건강 프로그램을 통해 청소년 자살률을 절반으로 줄이는 결과를 낳았다. 또한 정신과의 입원 병상을 개방 운영하면서 조기 정신증 예방센터도 설립했다. 멜버른 대학생의 40퍼센트가 정신건강 응급처치 훈련을 받았고, 이 훈련을 호주 시민 50만 명이 수료했다.

조현병환자와 가족을 위해 지역사회가 설립한 '웰웨이즈'를 통해서도 정신건강에 대한 고민과 도움을 함께 나누며 예방과 회복을 위해 힘쓰고 있는 나라가 호주이다.

2020년, 대한민국과 전 세계는 코로나 시대를 살고 있다. 아이들을 키우고 있는 엄마로서, 글을 쓰는 작가로서 '나는 어떻게 살아야 하는가?'를 하루도 빠짐없이 생각하면서 글을 읽고 글을 쓰고 있다.

코로나 사태는 우리에게 생태계의 공생 질서를 이루고 인간의 존엄성을 찾아 내라는 자연의 메시지다.

미래의 능력자는 자신의 모순을 닦는 자기 성찰과 수련에서 출발하여 사회를 이롭게 할 실력을 겸비한다.

아이들은 '나는 누구인가'를 찾고, '나는 무엇을 해야 하는가'를 깨우칠 수 있어야 한다. 사람이기에 갖는 능력, 즉 '인간력'이 미래를 살아갈 원동력이기 때문 이다.

- 임승규 외 6명 《포스트 코로나》 한빛비즈 -

우울증과 같은 정신질환, 코로나 19와 같 은 바이러스를 직 · 간접적으로 겪으며 공통된 질문을 던져 본다.

사회가 불안한데 나는 행복할 수 있는가.
불안한 사회 문제를 내가 해결할 수 있는가.

그리고 다짐해 본다.
"공감하고 위로하고 협업하고 이겨 나가자!"
불완전하고 두루뭉술하고 탁상공론 같아도 우리는 끊임없이, 끊임없이 외쳐야 한다고.
대한독립만세를 일구어낸 대한민국의 국민으로서 엄마로서 나는 나에게 또 끊임없이, 끊임없이 물어본다.
'지금 내가 할 수 있는 최선과 감내할 수 있는 불편은 무엇일까?'
적게는 다섯 시간, 많게는 여덟 시간이다. 내 아이들이 학교에서 마스크를 끼고 있는 시간이. 그 시간 동안 한 마디도 안 하고 그냥 집으로 돌아 오는 날도 있다. 내 아이들뿐만이 아니다. 마트 직원, 택배 기사님, 연구원, 공사장 인부, 회사원, 경찰, 선생님, 아파트 관리소장님, 형님, 그리고 남편.

아이들이 좋아하고 나 역시 불편을 감수할 수 있는 조그마한 기쁨의 행동은 하교 시간에 맞추어 아이들 마중을 나가는 일이다. 덥다. 아이들 가방도 무겁고. 다녀오면 샤워를 반드시 해야 한다. 그래도 아이들을 데리러 간다.

조금이라도 빨리 마스크를 벗게 해 주고 싶고, 학교 정문에 서 있는 엄마를 보고 달려오는 아이들 모습에서 뿌듯함을 느낀다. 아이들의 자립심이 떨어지면 어떡하냐고? 가방 하나 들어준다고 자립심 운운할 정도로 우리 아이들이 약한 사람은 아니라고 믿는다. 나도 행복하고 아이들도 행복해 하는 '아이들 하굣길 마중가는 일'은 나에게 우선 순위가 꽤나 높다.

나는 마트에 가서 장을 보고 계산대 앞에 서면, 평소보다 목소리를 높이고 허리를 더 굽혀서 점원에게 "안녕하세요?" 인사를 건넨다. 마스크로 얼굴이 가려져 있으므로 몸짓과 목소리로 마음을 정확하게 표현하는 것이 중요하다는 생각이 들기 때문이다. '나는 당신을 존중해요.', '당신의 존엄성을 잃지 말아요'라는 내 마음을 보여주고 싶은 것이다.

농협 복도에 떨어져 있는 번호표를 주워 쓰레기통에 버리고, 땡볕에서 태권도 차를 기다리고 있는 아이에게 그늘로 가 있으라고 이야기하고, 무단 횡단하려는 아이를 불러 세워 신호를 잘 지키자 약속의 말을 듣고, 불필요하게 켜져 있는 집의 전등들을 끄기 위해 눈에 불을 켜고, 급한 성격에 설거지할 때나 샤워할 때 수압을 있는 대로 높여서 꼭지를 틀어댔던 각도를 약하게 조절한다. 왜냐하면 내가 코로나 바이러스를 없앨 수는 없기 때문이다.

성찰이라면 성찰이고 수련이라면 수련이다. 사람의 마음이든, 생태계든, 그 아픔과 위험을 알아차렸다면 더 이상 아프게 하지는 말아야겠다. 코로나 시대, 마스크는 우리의 입을 막고는 목소리와 몸짓을 크게 하라고 말하고 있는 듯하다.

결국 우리 아이들이 찾아야 하는 질문, '나는 누구이며 무엇을 해야 하는가'를 지금 실천하는 것이 어른인 내가 할 수 있는 최선이다. 우울해 하는 사람과 불안해 하는 지구를 위해. 다음 세대를 살아갈 우리 아이들을 위해.

'지금 나의 최선'을 위해

1. 우울해 하는 지인을 위해 지금 내가 할 수 있는 말이나 행동을 써 보자.

예 : "그냥 하던 대로 해"라고 말해 준다.

---

2. 우리 아이들이 살아갈 지구 보호를 위해 지금 내가 할 수 있는 행동(감내할 수 있는 불편)을 써 보자.

예 : 에어컨을 틀고 싶은 세 번의 순간 중, 두 번은 참는다.

---

3. 세상이 아무리 어수선하고 불안해도, 지키고 싶은 한 가지를 써 보자.

예 : 기도하는 내 모습

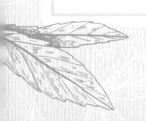

9. 아이들의 또 다른 이름

: 뷰카

변동성Volatility. 불확실성Uncertainty. 복잡성Complexity. 모호성 Ambiguity.

지금 이 시대를 대변해 주고 있는 네 가지 단어이다. 줄여서 뷰카 VUCA라고 한다. 원래 미국 육군이 세계 정세를 설명하기 위해 사용하던 용어였는데, 현재 상황을 대변하는 말이라고 해도 무방할 정도이다.

이 네 가지 단어는 어쩐 누구와 닮아 있지 않은가. 바로 우리 아이들이다. 늘 변하고 불확실하며 복잡하고 모호하다. 엄마 손에 잡힐 듯하면서도 결코 잡히지 않는다. 《뉴타입의 시대》에서 저자 야마구치 슈는 '뷰카화'의 핵심 내용 세 가지를 소개하고 있다.

첫째, 경험의 무가치화다. "내가 해 봐서 아는데", "라떼는 말이야" 가 통하지 않는다는 뜻이다. 세상 모든 것이 하루가 다르게 변화하고 있기 때문이다. 측정이 힘든 변화 속에서 나의 경험들은 무색해 진다. 늘 새로워지고 있는 환경들을 배우고 의미와 가치를 창출할 수 있는 능력이 필요한 시대이다.

둘째, 예측의 무가치화다. 뷰카의 단어들을 다시 읽어 보자. 죄다 예측이 불가능한 속성들이다. 이런 상황에서 어떤 계획을 세우고 과정과 결과를 예측하는 것이 소용 있는 일일까? 오히려 실행하는 가운데 수정과 보완을 반복해 가는 것이 효과적인 방법이다.

셋째, 최적화의 무가치화다. '최적화'라고 말하는 순간, 그것을 뛰어넘는 또 다른 '최적화'가 만들어지는 시대이다. 빠름, 빠름, 빠름.

뷰카의 시대를 살아가는 우리에게 필요한 능력은 생각을 왕성하게, 부드럽고 연하게 하는 '유연함'이다. 인류에게 일어난 대부분의 비극은 자신의 생각만이 옳다고 주장하면서 자신을 이해하지 못하는 타인을 틀렸다고 판단하는 데에서 야기되었다고 하지 않는가. '나와 다름'에서 '변화와 성장'을 발견할 수 있는 능력이 '유연함'이다.

다시 우리 아이들을 생각해 보자.

"엄마 말을 들으면 자다가도 떡이 생긴다"는 경험을 강조하는 것은 무가치하다. "우리 아이는 내가 잘 알지. 아마……"라고 예측하는 것도 무가치하다. 우리 아이를 최고로 키우고 싶다는 그 '최고'는 어느 순간 기준이 바뀌어 있을 것이고, 엄마의 마음(또는 마음 중 욕심)도 때마다 갱신될 테니 역시 무가치하다.

자, 이제는 우리 아이들을 '유연함'으로 바라 볼 타이밍이다. 일단 자녀는 엄마인 나와 거의 모든 것이 다른 타인이며 인격체이다. 그래서인지 엄마 속을 긁으며 엄마의 변화와 성장을 촉진시켜 주는 대체 불가능한 존재인가 보다.

늘 변하고 불확실하고 복잡하고 모호한 내 아이 앞에서 우리의 자세는 유연해야 한다는 것. 세상에서 내 마음대로 되는 게 몇이나 있겠냐만은, 그중에서 Top을 찍고 있는 내 아이 앞에서 우리가 유연해지지 못한다면 우리의 비극은 시작되고 우리의 명은 짧아질 것이다.

그리고 한 가지 더, 뷰카화되어 있는 우리 아이들과 "오래오래 행복하게 살았습니다." 마침표를 찍기 위해, 나 자신에게 "행복했다." 마침표를 찍어줄 수 있기 위해, 엄마의 뷰카도 시시때때로 돌보아 주었으면 한다.

뷰카, 치얼스!

10. 모방할 수 없는

: 엄마의 의미

애플 회사가 만든 스마트폰이나 노트북의 디자인과 구분하기 힘들 정도로 비슷한 제품들이 판매되고 있다. 하지만 타사의 시장점유율은 애플을 따라가지 못한다고 한다. 왜일까?

지나치게 넘쳐나고 있는 물건들 속에서 이제 더 이상 기술과 디자인은 고객의 선택을 쇄시우지하는 요소기 되지 못하기 때문이다. 핵심은 누구도 모방할 수 없는, 사물이나 현상의 가치인 '의미'에 있다. 모방할 수 없는 가치를 지니기 위해서는 필연적으로 필요한 것이 '축적된 시간'이다. 축적된 시간의 결과물인 의미를 기술과 디자인은 따라올 수 없다. 그래서 애플 회사를 하나의 '문학'으로 정의내리는 이도 있다. 의미를 가지고 있는 문학, 애플 회사의 디자인을 따라한다고 반드시 성공할 수 있는 게 아니라는 뜻이다.

방대하게 쏟아지고 있는 육아 이론들을 무작정 따라한다고 반드시 좋은 엄마, 행복한 엄마가 될 수 있는 게 아님도 알아야 한다. 내가 중요하게 생각하는 삶의 가치, 태도, 양육 방법, 마음의 중심, 본질 등 나만의 생활 양식이 고민과 몸부림 속에서 축적되어야만 엄마인 나와 내 아이에게 적합한 소통 방식이 구축 · 응집되는 것이다. 고로 엄마의 후회와 반성, 시행착오는 반드시 필요하다.

우리는 지팡이 한 번 휘두르면 모자에서 비둘기가 나오는 마술을 보고 '마술의 의미'까지 생각하지 않는다. 그러나 마술을 섭렵하기까지 오랜 시간 실수하고 연습해 왔던 마술사는 자신의 업에 대한 '의미'가 있다. 평생 병상에 누워 계시던 어머니가 TV 마술쇼를 보고 처음으로 웃으셨다면, 자녀는 마술을 배워서 어머니처럼 힘들어하는 사람들에게 기쁨을 주고 싶다는 '의미'를 가지고 마술사가 되기로 선택하듯이 말이다.

남들이 좋다고 말하는 것을 모방하고 있는 그 시간에, 나에게 맞는 라이프 스타일을 찾기 위해 고군분투하는 노력을 하는 것이 더 효율적이다. '의미'에 대해 좀 더 고민하면서 좀 더 시간을 축적시켜 보자. 그리고 감정과 생각의 한계점을 경험하는 그 순간들이 모여 엑기스를 뽑아내고 나면 나만의 '의미'를 발견하게 된다.

모방할 수 없는 나의 의미, 엄마의 의미는 곧 엄마의 행복으로 성장하게 될 것이고, 엄마의 두루뭉술했던 불안에 백신이 되어줄 것이다. 타사의 기술과 디자인이 애플을 따라가지 못한 것처럼, 세상의 수많은 육아 이론들은 우리를 앞서지 못한다. 우리는 우리의 의미를 끊임없이 찾아갈 테니까.

6장

엄마와 존엄

모든 인간은 태어날 때부터 자유로우며
그 존엄과 권리에 있어 동등하다.
인간은 천부적으로 이성과 양심을 부여받았으며
서로 형제애의 정신으로 행동하여야 한다.

– 세계인권선언 제 1조 –

1. 얼마나 멋진 변화가 될까

: 존엄

'존엄'의 개념을 최초로 언급한 인물인 키케로는 《의무론》에서 인간을 특징짓는 것은 '숭고한 태도'와 '우월한 태도' 그리고 '존엄'이라고 말했다. 계몽주의 사상가 칸트는 《도덕형이상학 정초》에서 "목적의 왕국에서 모든 것은 가격을 갖거나 존엄성을 가진다. 가격을 가지는 것은 무엇이든 동등한 가격을 지닌 다른 것으로 대체될 수 있다. 반면

Marcus Tullius
Cicero
(BC 106~BC 43)

에 어떤 것이 목적 그 자체가 될 수 있게 하는 조건에는 상대적인 가치인 가격이 아니라 내적 가치인 존엄성이 있다"고 주장했다.

현대에서 '존엄'이란 '인물이나 지위 따위가 감히 범할 수 없을 정도로 높고 엄숙함'을 뜻한다고 한다.

'인물이나 지위 따위' 자리에 '엄마라는 존재' 또는 '엄마의 가치'를 넣어 보자. 그리고 엄마를 특징짓는 것이 '숭고한 태도'와 '우월한 태도'라 생각해 보자. 엄마의 위상

Immanuel Kant
(1724~1804)

이 하늘을 찌르고 지구를 뚫고 우주를 만나는 듯하다. 나쁘지 않다.

'존엄'이란 단어를 찾아보기 힘들어진 세상에서 엄마인 우리가 먼저 나서야 겠다. 엄마로서 존엄을 지키기 위해 필요한 자세는 무엇일까. 좀 더 풀어 보면 '사람을 사람답게 하는 것은 무엇인가', '우리 삶의 방향은 어디를 향해 나아가야 하는가' 정도쯤 되겠다.

이는 '성찰'과도 비슷한 의미를 가지고 있다. 존엄하기 위해서는 성찰이 반드시 필요하고, 존엄 자체가 성찰이 될 수도 있다. 물론 우리 내면에서 조용히 지내고 있던 존엄은 인간관계, 크고 작은 다양한 경험, 인지능력, 가치관이 연결되거나 어느 하나가 발화하는 시점에서 활성화되기도 한다. 하지만 지금은 독서 행위를 통해 '글자'와 '생각'이 만난 지점에 머물러 있다.

엄마인 우리는 이제 인터넷 검색창에 띄어져 있는 아이 옷, 학원, 학교 관련 검색어를 잠시 지우고 나의 존엄을 만들기 위해 또는 지켜 가기 위해 다시금 머리를 쓰고 생각을 써야 한다.

내 머리, 내 가슴, 내 몸에 각인될 존엄의 요소들은 오롯이 나의 소유이면서 나를 신중한 사람, 평안한 사람, 친절한 사람, 타인에게 휘둘리지 않는 사람으로 만들어 줄 것이다. 얼마나 멋진 변화인가. 그리고 존엄은 '세상의 희망'이라는, 진부하고도 위대한 것을 위해서도 쓰임 받는다. '세상의 희망'에는 우리 아이들도 포함되어 있음을 잊지 말자.

일석이조. 존엄은 그런 것이다.

그 모든 것에도 불구하고 자신을 깨어 있게 하며, 세상이 말하는 그 모든 유혹과 약속, 상품들보다 더 강인하고 확고하게 뿌리를 내릴 내면의 힘. 바로 이것이 내가 당신과 함께 찾으려 하는 내면의 나침반이다. …… 결국 이는 '나는 이러이러한 사람이 되고 싶다'는 내적 표상이라고 할 수 있다.

- 게랄트 휘터 《존엄하게 산다는 것》 인플루엔셜 -

존엄의 시작을 위해

1. 그대가 가지고 있는 '내면의 힘'은 무엇인가?

예 : 몰입, 성찰

_____

2. 변화하고 성장하는 내 모습을 떠올려 보자. 당신의 기분을 자연이나 사물, 장소에 비유해 보자.

예 : 바다가 보이는 2층 커피숍, 흰색 테이블과 연분홍 의자

_____

2. 아프고 나쁘지 않은

: 사유

사(思). 마음 '심(心)' 위에 밭 '전(田)'이 놓여 있다.

유(惟). 오른쪽 한자는 '송골매' 또는 '최고'를 뜻하는 '추(隹)'자다.

사유란 마음의 터 위에서 송골매 같은 눈으로, 최고조에 이를 수 있는 나 자신에 대해 몰입하는 작업이다. 몰입하다 보면 '내가 왜 그랬을까'라는 생각으로 눈살을 찌푸리게 하는 후회, '너는 왜 그랬을까'라는 생각으로 마음을 찌푸리게 하는 상처들이 순간순간 몰려 올 것이다. 후회와 상처를 하나하나 직시하며 그것들을 깨트리거나 다듬거나 보존하거나 하는 모든 과정들이 사유에 포함된다.

사유. 아프다는 뜻이다. 가부좌 틀고 눈을 감는 게 사유가 아니다.

있는 그대로의 나를 볼 수 있어야 최고가 될 수 있다. '최고'의 개념
이나 성질은 각자 가치관에 따라 다르겠지만, 어쨌든 우리는 존엄한
사람이 되기 위한 과정 중에 있다.

사유. 나쁘지 않다는 뜻이다. 흔들림 없는 '생각하는 사람' 조각상
보다 우왕좌왕거리는 '생각하는 사람' 우리들이 더 아름답다.

마음의 터는 사계절을 맞아야 튼튼해 지고,

송골매의 눈도 비바람을 맞아야 시야가 넓어지고,

최고의 경지도 세상의 온갖 아픈 단어들을 경험해 봐야 이를 수
있다. 쉬운 건 쉽사리 사라진다.

고로 '사유'는 사라지지 않는다.

'최고의 나'를 위해

내가 생각하는 '최고의 나'의 모습을 상상해 보자.

예 : 감성과 이성이 균형을 이루어 합리적 판단을 할 수 있는 나 / 말 실수를 하지 않고 당당하
지만 예의를 지키는 나 / 하루 한 시간씩 운동한 지 10년이 되는 나

3. 견뎌냄, 숭고함, 우월함

: 본질

우리는 하루가 다르게 변화하고 있는 '스마트폰'한 세상에 살고 있다. '스마트(smart)'란 '빠르고 똑똑하고 자발적인' 의미를 가지기 전에 '괴로움을 주는, 고통을 수반하는'이란 뜻이 있었다고 한다. 분명 스마트폰은 빠르고 똑똑하고 자발적으로 사용할 수 있는 도구이지만, 이와 동시에 '진정한 나'를 성찰해 볼 수 있는 기회의 시간들을 빼앗아가기도 한다.

《생각의 탄생》에서 리처드 파인먼은 말한다. "현상은 복잡하다. 법칙은 단순하다. …… 버릴 게 무엇인지 알아내라."

에르메스 브랜드의 지면 광고에서 말한다.

"모든 것은 변하지만, 아무것도 변하지 않는다."

버릴 게 무엇인지 알고, 변하지 않는 그 무엇을 지켜가는 것. 그것을 나는 '본질'이라 이름 붙여 보고 싶다. 스마트폰은 잠시 다른 방에 두고, 내 머릿속에서 살고 있는 것들과 행동 패턴들 중에서 버릴 것과 변하지 말아야 할 것들을 생각해 보자.

'본질'은 모든 사람들에게 보편적으로 적용되는 개념이긴 하지만, 사람마다 무엇에 중점을 두느냐에 따라 생각과 행동이 정해진다. 예를 들어 보겠다.

나의 지인은 아이들에게 만화책을 일절 사 주지 않는다고 했다. 나는 만화책도 책이라고 생각한다. 그래서 아이들에게 만화책 사 주는 돈이 아깝지 않다. 책은 쌓이는 게 본질이라고 생각한다. 그래서 꽂을 데가 없는데 왜 자꾸 책을 사느냐는 남편의 잔소리를 거뜬히 이겨낸다. 책에서 한 문장만 건질 게 있어도 본전이라고 생각한다. 그래서 책을 다 읽지 않아도 마음이 불편하지 않다.

나에게 '요리'는 잘하고 싶은 영역이 아니라 해야만 하는 영역이다. 엄마로서 아내로서 맡겨진 임무이기 때문에(누가 정해 준 것이 아닌데, 이상하다) 시간마다 밥상을 차려내는 것이다. 요리에 내 시간,

내 노력, 내 고민을 투자하기 싫어한다. 그래서 밑반찬을 가끔 사서 먹는다. 나에게 있어 요리의 본질은 데코레이션이나 맛내기가 아니라, 그냥 먹는 것이다.

'그녀의 자전거가 내 가슴속으로 들어 왔다', '사람을 향합니다', '생각이 에너지다' 등의 카피를 만든 카피라이터 박웅현은 "시간의 세월을 잘 견뎌낸 것들을 본질적인 것들"이라 했다. 내가 소중한 의미를 부여하고 있는 쌓여진 책도, 내가 싫어하지만 18년간 함께하고 있는 요리도 시간의 세월을 잘 견뎌내고 있다. 싫든 좋든 잘 하든 못 하든 지금까지 견뎌내고 있는 '엄마'라는 이름처럼 말이다.

엄마의 본질은 '견뎌내는 것'인가 보다. 여기에 더해 지금 이 글을 읽고 계신 엄마들은 교양을 장착하여 '숭고하고 우월한 태도'도 본질로 삼았으면 한다. 버릴 건 버리고 변하지 말아야 할 것들은 지켜가면서.

아이들도 변할 것이고 세상도 변할 것이다. 반드시 변할 존재들과 그것들에 집착하기 보다 나의 본질에 몰입하는 것. 견뎌냄으로써 숭고해 지고 우월해 지는 것. 엄마인 우리들은 이렇게 교양 있게 살았으면 한다.

소중한 본질을 지키기 위해

1. '사랑'의 본질을 지키기 위해 버리고 싶은 성질은 무엇인가?

예 : 집착과 스트레스(내가 해결하지 못하는 문제들에 대해서는 내려 놓기)

---

2. '사랑'의 본질을 지키기 위해 변하지 말아야 할 나의 마음은 무엇인가?

예 : 사람을 향한 측은지심

4. 대체 불가능한 나의 타인

: 사랑

라틴어에서 '개인individual'은 '나눌 수 없는indivisible'과 동의어라고 한다. 한 개인, 즉 타인을 사랑한다는 것은 존재를 하나의 전체로 사랑한다는 의미다. 내가 좋아하는 외모·성격·배경 등을 모두 다 갖추고 있는 사람의 특성을 임의로 조합할 수도 없을 뿐더러 백 퍼센트 내 마음에 드는 완벽한 사람은 이 세상에 존재하지 않는다(나 자신은 뭐, 다른 이에게 백 퍼센트 완벽한 사람이 될 수 있겠는가). 한 사람을 구성하고 있는 여러 요소들 때문에 사랑이 시작된 것이 아니라는 뜻이다.

사랑은, 타인이 그만의 방식대로 존재할 수 있도록 인정해 주면서 대체 불가능한 존재임을 인식하는 것이다. 이는 40년 동안 25권이

넘는 소설을 쓰면서 '선'을 최고의 개념으로 삼은 아이리스 머독의
생각에 동의함으로써 가지게 된 생각이다.

> 우리가 좋은 삶을 살기 위해서는 이것이냐 저것이냐 따지고 선택
> 하는 것보다 중요한 게 있다. 바로 우리 주변에 있는 타인과 사회,
> 다양한 상황에 따른 사람들의 행동에 관심을 기울이는 것이다.

타인과 사회, 세상에 대해 관심을 가지는 것이 보편적인 사랑을
발견할 수 있는 방법이라면 방법이라 할 수 있겠다.

엄마인 우리는 그 누구보다 자녀에게 많은 관심을 가지고 있다.
이 관심은 자녀가 가지고 있는 미소, 손가락, 입 벌리고 자는 모습,
머리카락의 조합으로 생기게 된 것이 아니다. 존재 자체가 관심의
대상인 것이다.

그러나 관심의 보유량에 비해 표현하는 사랑의 방식은 '선'이라
할 수 있는지 자문해 보았으면 한다. 엄마는 사랑이란 명목으로 불
안해 하고 집착하고 죄책감을 가진다. 물론 이런 감정들과 행동도
사랑의 카테고리 안에 넣을 수 있다. 다만 '사랑' 단어 앞에 '잘못된'
또는 '안타까운'을 붙여야 될 것 같다.

자녀를 향한 엄마의 사랑에 불안 · 집착 · 죄책감이 붙어 있는 것

을 훈장으로 여기면 안 된다. 나의 불안 · 집착 · 죄책감이 자녀에게 적극적으로 표현되는 것을 정상으로 여겨서도 안 된다. 엄마이기 때문에 당연히 가질 수밖에 없는 요소들임을 인정하는 것, 딱 거기까지면 된다.

나는 '엄마 자신을 먼저 사랑하라'는 자기 계발서의 주장과 방법을 펼치고 싶은 게 아니다. 나의 자녀를 향한 순수한 관심과 아름다운 사랑이 조화를 이룰 수 있도록 '사랑의 개념과 형태'를 다시금 점검해 보자는 것이다.

내가 생각하고 표현하고 있는 사랑의 개념과 형태가 엄마의 존엄, 아이의 존엄을 지켜주고 있는가. 자녀 역시 타인이다. 그러므로 타인인 자녀의 방식을 이해하는 입장에서 말과 행동을 시작해 보자. 이해는 옹호와 다르다. 자녀를 다시금 관찰하고 다시금 이해하면서 한 발을 살짝 뺀 훈계와 격려를 해 주자는 것이다. 말과 표정, 손짓과 몸짓을 아껴야 할 때와 과하게 사용해야 할 때를 잘 조절해 보자는 것이다.

대체 불가능한 타인인 나의 사랑, 나의 아이. 우리는 이 타인을 향해 제대로 된 관심과 사랑을 보여줄 만한 능력이 있다. 엄마니까.

5. 뭉크처럼 오래 살지 않아도 좋으니

: 죽음

예술에 더 깊은 의미를 부여하는 것은 개인과 그의 삶이다.

- 에드바르트 뭉크 -

뭉크 하면 〈절규〉 그림이 떠오른다.

이름 그대로 '절규'스럽다. 그런데 이제 〈절규〉는 시시함이 되어 버렸다. 뭉크의 모든 그림들이 질척거리던 삶의 구간들의 기억임을 알고 난 후부터.

뭉크가 다섯 살이 되던 해, 어머니가 폐결핵으로 사망했다. 그리고 열네 살이 되던 해에는 누나도 폐결핵으로 사망하게 된다. 누나가 죽은 지 9년 후, 뭉크는 〈병든 아이〉를 그렸다. 나를 슬프게 한 건 뭉크가 선택한 색감, 여자의 표정, 고개 숙인 남자의 모습이 아니었다. 그림의 제목이 〈병든 아이〉인 것이 그림에서 시선을 떼지 못하게 했다.

자신의 삶의 느낌을 그림으로 표현하는 것을 중요시했던, 자신의 삶만 그렸던 뭉크였다. 죽은 누나를 기억하며 그린 그림의 제목은 정확성을 요한다면 〈병든 아이〉가 아니라 〈병든 누나〉여야 했다.

아, 〈병든 누나〉라고 적고 보니 뭉크의 마음이 더 절실히 전해진다. 사랑하는 가족의 죽음을 직접적으로 예견하는 제목을 쓴다는 건 잔인한 일이다.

아이가 아프다. 나는 글을 쓴다. 글의 제목을 3인칭 시점으로 해서 〈아픈 아이〉라고 쓰는 게 더 슬픈가, 내 아이의 이름을 넣어 〈아픈 소서〉라고 쓰는 게 더 슬픈가. 직시하는 슬픔은 열외 없이 가슴을 가만두지 않는다. 차라리 그림의 제목이 〈병든 누나〉였다면 마음껏

같이 슬퍼했을 텐데, 억지로 한 발 떨어트려 〈병든 아이〉라 명명한
것이 또 못내 아쉽고 안타깝다.

뭉크의 마지막 작품, 〈시계와 침대 사이에 있는 자화상〉을 본다.

빼빼 마른 뭉크의 몸에 가족의 죽음, 병약한 몸, 이룰 수 없었던
사랑, 삶과 죽음이 새겨져 있다. 삶의 연속성을 의미하는 듯한 괘종
시계는 시침과 분침을 잃어버렸고, 삶의 유한성을 의미하는 듯한 침
대는 허름하다. 뭉크에게 삶과 죽음은 같은 의미였을까.

그러나 자신의 모든 것을 예술로 표현했던 뭉크의 선택은 가볍게

여길 수 없다. 말 그대로 모든 것이었다. 관절염, 열병, 폐결핵, 가족의 죽음, 불륜, 친구의 배신, 정신이상. 이 모든 삶 또는 이 모든 죽음을 뭉크가 예술과 함께 이겨냈다는 것은 우리에게 무엇을 의미하고 있는가.

한 번씩 나는 삶이 힘들다 느껴질 때면 더 가혹한 현실을 상상해 본다. 평생 남편 병간호를 하게 되었다, 남편 없이 아들 셋을 키워야 한다, 엄마가 죽었다, 삼시 세 끼 중 한 끼만 먹을 수 있다, 전쟁이 났다, 무거운 말들로 나를 조금 고문한다.

예측할 수 없는 죽음 앞에서 어쩔 수 없이 불안과 동행해야겠지만, 이 또한 '사는 방법'을 배우는 일이리라. 좋은 방법인지는 모르겠으나, 잘 살아내기 위한 목적임을 잊지 않는다. 뭉크처럼 80세 넘도록 살지 않아도 좋으니 뭉크처럼 온갖 것이 아프지 말았음 한다. 삶이 힘들어질 때면 뭉크의 작품들을 보며 죽음 비슷한 느낌을 한 번씩 떠올려 보는 행위. 이건 '삶의 행위'임을 다시금 각인시켜 본다.

죽음이 우리를 어디에서 기다리는지는 확실하지 않다. 모든 곳에서 죽음을 찾자. 죽음을 미리 생각하는 것은 자유를 미리 생각하는 것과 같다. 죽는 법을 배운 사람은 노예가 되는 법을 잊는다.

삶을 잃어버리는 일이 나쁘지만은 않다
는 사실을 제대로 이해한 사람은 삶에
서 나쁠 것이 아무것도 없다. 죽는 법을
아는 것이 우리를 모든 굴종과 속박으로
부터 구원한다.

- 몽테뉴 《수상록》 -

Château de Montaigne
(1533~1592)

6. 엄마의 자유

: 책임

· · · · · · · · · · ·

로마인들은 '운명'을 라틴어로 '파툼(fatum)'이라 불렀다 한다. '운명'을 의미하는 영어의 '페이트(fate)'가 여기서 파생되기도 했는데, 파툼의 뜻은 '인간에게 맡겨진 신적인 임무'다.

'운명은 임무'라는 건데 달리 말해 책임·소명·의무·사명과 같은 단어들과 짝을 이루어도 무방할 것 같다. 그래서 '엄마의 운명은 책임이다'라는 말을 금세 만들 수 있다. 위로가 되기도 하고, 마음이 묵직해 지기도 하는 이 아이러니함.

자유는 특권이 아니라 책임으로 이루어진다.

엄마의 운명과 관련해 책임 그리고 자유를 생각해 보기 위해서는 알베르 카뮈의 말을 곱씹어 볼 필요가 있다. 카뮈는 자유를 책임과 연결시켰다. 또다시 자유는 소극적 자유와 적극적 자유로 나눌 수 있다고 한다.

소극적 자유는 '무언가로부터의 자유', 적극적 자유는 '무언가를 향한 자유'이다. 자녀가 인생의 주체와 주인공이 되는 엄마는 소극적 자유를 누리고 있는 것이고, 한 발 빼고 서 있는 모습이 자녀를 향해 있는 엄마는 적극적 자유를 누리고 있는 것이다.

적극적 자유는 자아 성찰뿐만 아니라 타인 그리고 세상을 지그시 바라볼 수 있는 외면적 통찰도 할 수 있는 이에게 주어진다. '나로부터, 타인으로부터, 세상으로부터' 출발한 자가 아닌 '나를 향해, 타인을 향해, 세상을 향해' 서 있는 자에게 말이다.

조금 더 솔직하게 말하면 아이가 엄마 인생의 전부가 되어서는 안 된다는 뜻이다. 거기엔 진정한 자유도 진정한 책임도 없다. 아이 인생마저 엄마에게 속박당하는 악순환을 만들게 된다.

엄마가 적극적 자유를 배우고 자신의 것으로 만들기 위해서는 '타인과 공동체'가 필요하다. 아이 이야기 말고도 자신의 마음을 디자인해 주는 타인의 말, 엄마라는 정체성 외에도 신이 나에게 허락해 주신 임무를 필요로 하는 공동체를 찾아보아야 한다.

타인과 공동체가 필요하다는 것은 아이만 바라보고 있을 때와는 또 다른 아픔·배신·분노·희생·신념을 알게 된다는 뜻도 된다. 타인과 공동체를 통해 알아갈 자신의 수많은 감정들과 깨달음이 엄마인 우리를 적극적 자유의 세계로 인도하는 길이 되어 준다.

내가 어떠한 감정과 어떠한 깨달음을 선택할지 결정하고, 결과에 책임지는 모습을 통해 우리는 '무언가를 향한'(각자에게 달리 적용될) 적극적 자유인이 될 수 있다. 나의 결정과 책임, 이것은 '무언가로부터' 나와서는 안 되는 영역이다. '무언가를 향해' 있어야 하는 성질이다. 무언가를 결정하고 책임지는 과정들을 거치면서 우리는 주체적이고 능동적인 사람으로 변화하고 성장할 수 있다.

인생은 자신의 운명을 모르는 자에게는 불평과 불만의 대상이 된다고 했던가. 지금 내 인생이 불평과 불만으로 가득 차 있다면 '나에게 맡겨진 신적인 임무'를 재정비할 때다.

엄마의 기본적인 임무에 충실하자.

그리고 엄마의 '또 다른 나'에게도 충실하자.

엄마의 진정한 자유는, '엄마'의 이름에 올인 할 때가 아닌, '나 자신'을 책임질 때 내 편이 되어줄 것이다.

7. 허영심과 함께

: 독서

"책을 모아대는 게 허영심 같아서 책 읽는 것 관뒀어."

독서를 즐겨하던 내 친구의 말이다. 그리고 지금 내 친구는 독서 뿐만 아니라, 일도 결혼도 아무것도 하기 싫어하는 사람이 되어 있다. 어설픈 성찰로 인한 어설픈 깨달음의 단계에서 독서를 중단하기에는 독서가 가지고 있는 장점이 어마어마하게 많다. 네이버 주소창에 '독서의'로만 검색해도 독서의 중요성, 독서의 가치, 독서의 필요성, 독서의 위안, 독서의 기쁨 등이 나온다(독서의 단점으로 '시력이 저하된다, 사람들과 대화하는 시간이 줄어든다, 특정 분야의 독서만 하다 보면 편협한 사고를 가질 수 있게 된다'고 이야기하는데 정확하게 말하자면 '다독의 단점'이라고 해야 한다).

독서는 끊임없이 계속 해도 되는 행위이다.

영화평론가이자 작가인 이동진은 1만 7천여 권의 책을 소장하고 있다. 사람들이 자신에게 왜 책을 읽어야 하는지 물어보면 "있어 보여서요"라고 농담처럼 답한다고 한다. 진짜 농담일까.

있어 보이고 싶다는 것은 내 친구가 독서를 그만두게 된 이유였던 허영심이기도 하지만, 자신의 사고의 깊이와 넓이를 인지하고 있으면서 부족한 부분을 채우고자 노력하겠다는 각오이기도 하다. 또 다른 사고를 인지하기 위한 노력이 없다면, 자신의 세계 외부에 있는 것들은 배척하게 되거나 자신의 세계라는 것 자체가 없는 무기력을 느끼게 된다.

나는 1천 3백여 권의 책을 소장하고 있다. 초등학생 때부터 독서가 취미였지만, 나 역시 내가 있어 보이고 싶은 허영심으로 책을 읽기도 했다. 그러다 독서가 습관이 되는 지점을 통과하고 나니 독서를 하는 이유는 '그냥'이 되어 있었다.

물론 책에서 제시해 주는 내용대로만 실천하다가 내 생각이 사라져버린 것 같은 경험, 반대로 책 내용처럼 실천이 되지 않아 나 자신을 비하했던 경험, 책 내용과 반대되는 이야기를 하는 남편과 말다툼을 한 경험도 있었다. 하지만 나는 이러한 경험들을 실패라고 명명하지 않는다. 내 주관을 갖기 위해 반드시 거쳐야만 하는 시행착오 여행이었다.

'독서를 하지 말아야 하는 이유, 또는 독서를 중단해야 하는 이유가 무엇인가'라는 질문에 대한 답을 '허영심'이라고 할 수 있을까. 허영심은 인간의 나약한 본능 중 하나이므로, 제거의 영역이 아니라 (제거할 수도 없을뿐더러) 다스림의 영역이다. '허영심 때문에 독서를 하면 안 되겠다'가 아니라, '허영심을 다스리기 위해 또는 허영심을 인정하는 독서를 해야 겠다'가 되어야 한다.

'굳이 독서를 해야 하나?'라는 생각에 내 대답은 '안 해도 된다'이다. 그러나 이 책의 주제가 '엄마의 교양'이고 지금은 엄마로서 교양을 쌓는 방법을 이야기하고 있다. 뜬금없는 질문을 해 보겠다.

내 아이가 책을 읽는다면? vs 내 아이가 책을 읽지 않는다면?

위 두 가지 가설 중, 어떤 가설이 더 섬뜩한가. 엄마인 내가 책을 안 읽어도 된다고 생각한다면, 내 아이도 책을 안 읽어도 된다고 쿨하게 인정해줄 수 있는가. 나는, 엄마들이 독서하는 우아한 엄마가 되었으면 하는 마음으로 글을 쓰고 있다. 그래서 유명한 문장 하나를 가져와 본다.

> 책을 읽는다고 다 성공하는 것은 아니지만, 성공한 사람들은 모두
> 다 책을 읽었다.

있어 보이기 위한 독서가 마음에 들지 않는다면, 독서하는 자녀로 만들기 위해 엄마인 내가 독서를 한다고 이유를 변경해도 된다. 허영심, 엄마라는 업, 엄마의 독서, 자녀의 독서는 남의 일이 아니다. 세상에서 사라질 수도 없다.

나 또한 허영심으로 독서했다. 그리고 어느 순간, 독서가 습관이 되더니 '그냥 독서하는 마음'이 허영심을 앞질렀다. 아이들에게 독서해라 소리쳐 본 적 없다. 얼마 전 중 2가 된 장남은 400페이지가 넘는 소설을, 초등학교 5학년이 된 둘째아들은 300페이지 가까운 소설을, 초등학교 3학년이 된 막내는 아직 동화책 읽는 것을 싫어하지만 매일 책을 읽고 있다.

일단 허영심과 습관을 넘어 이유가 없어질 때까지 독서를 해 보자. 엄마인 내가 있어 보이기 위해, 자녀를 있어 보이게 하기 위해 시작했던 독서는 진짜 무엇인가를 있게 해 줄 것이다.

있어 보이는 독서를 위해

1. 서점에 간다. 또는 온라인 서점(교보문고, 예스 24, 알라딘 등)을 검색한다.

2. 도서 분야 중, 에세이 또는 자녀 양육 코너를 본다.

3. 내가 좋아하는 색깔의 책, 표지가 예쁜 책을 고른다.

4. 통닭 한 마리 값보다 싼 책 한 권을 구입한다.

5. 커피숍에 가서 아메리카노 한 잔을 다 마실 때까지 책을 본다.

6. 아이가 하교하기 5분 전, 거실이나 부엌 의자에 앉아 책을 펼쳐 놓는다. 워킹맘이라면 퇴근하고 현관문을 열기 전, 가방에서 책을 꺼내 옆구리에 낀다.

7. 식탁 위, 쇼파 위, 침대 위, 선반 위에 책을 올려 놓는다.
(책 좀 치우라는 가족의 잔소리를 들을 수 있다. 그러나 우리의 목적은 '독서하는 엄마'라는 인식을 심어주는 것임을 잊지 말자.)

8. 책에서 눈에 띄었던 문장 세 개를 골라 포스트잇에 한 문장씩 옮겨 적은 후 냉장고 문에 붙여 놓는다.

9. 책과 볼펜, 화분을 적당한 각도로 배치한 후 사진을 찍어 SNS에 올린다.
#독서 #읽다 #독서스타그램 #북스타그램 #엄마의독서 #책읽는엄마 #아들딸보고있나

8. 3년 후 나는

: 태도

················

왜 우리는 스스로를 알고 싶어 하는가?

교양 있는 사람이 다른 사람보다 우월한가?

나는 내 과거로부터 만들어지는가?

나폴레옹 시절부터 시작된 프랑스의 대학 입학 자격시험 제도인 '바칼로레아'에 나왔던 문제들이라고 한다. 3년 전, 이 문제들을 처음 읽고는 '대박 질문. 답을 쓸 수 있다면 참 좋겠다'라고 끄적여 놓았다. 3년이 지난 지금, 나의 생각을 적어본다.

왜 우리는 스스로를 알고 싶어 하는가?

절대로 제대로 알 수 없는 '나'라는 존재에 대해 도전 정신이 발동한 것이다. 즉, 인생을 잘 살아내기 위한 훈련의 과정이자 본능이다. 그런데 가만, 성찰이 지나쳐 토론에 열을 올리다가 결혼식을 치른 후 3일 만에 신부를 찾아간 소크라테스의 전적을 따라하는 사람이 되면 어떡하지? 나를 알려고 하다가 주변 사람들을 지치게 하는 존재가 되면 어떡하지?

Socrates
(BC 469~BC 399)

교양 있는 사람이 다른 사람보다 우월한가?

질문을 누구한테 하느냐에 따라 답은 달라진다고 본다. 교양인에게 질문을 한다면, 교양인은 우월감이라는 감정을 다스릴 줄 아는 존재이므로 "아닙니다"라고 답해야 한다.

자신이 교양인이 아니라고 생각하는 사람 즉, 제 3자의 입장에서 교양인을 관찰하는 사람에게 질문을 한다면, "그렇습니다"라고 답할 것이다. 그러나 교양인의 기준은 누구에게 있는가. 그리고 자신을 교양인이라 생각하고 있는 그 사람은 교양인이 맞는 것일까.

나는 내 과거로부터 만들어지는가?

일부 그러하다. 내가 자라온 환경에서 만나게 된 사람들, 관계 속에서 형성된 나의 감정과 생각, 생활양식은 과거로부터 만들어졌다. 그리고 현재에도 그대로(또는 변형되어) 내 삶에 영향을 미치고 있다. 미래의 어느 날엔 일부가 없어지게 되거나 변함없이 공존하고 있을 수도 있다.

과거에 집착하지 마라, 현재에 충실 하라, 미래를 만들어 가라.

세 가지 주장 다 맞는 말이다. 그러므로 나는 아리송한데, 맞는 것 같은데, 줏대가 없는 것 같은데, 줏대가 있는 것 같기도 한 생각을 써 본다. '나'라는 사람은 과거로부터 만들어졌고 현재에서도 만들어지고 있으며 미래에도 만들어져 가고 있을 것이다.

질문에 대한 내 생각을 쓰다 보니 끝이 없다.

"저는 바칼로레아를 통해 하나의 질문에 대해 내 생각의 끝까지 가보는 연습을 해요."

프랑스 고등학생이 인터뷰 도중 한 말. 대단하고 공감한다.

시간과 함께 소란하지 않는 고민들을 한다는 것. 다듬고 깎고 닦는 훈련을 한다는 것. 생각의 끝에 가 보는 연습을 한다는 것. 이것이 '내 삶의 태도'가 되는 게 아닐까. '내 삶의 태도'에 '자녀'를 넣으면 '엄마의 태도'가 될 것이고.

3년 후 나는,
위 세 가지 질문에 대해 내 생각을 무어라 쓰고 있을까.
3년 후 나는,
어떤 태도를 체득한 사람이 되어 있을까.
3년 후 나는,
어떤 엄마가 되어 있을까.

태도란,
'어떻게'라는 살아가는 방식과 가치관의 문제로, 그 사람을 가장 그 사람답게 만드는 고유 자산이다.

      - 임경선 《태도에 관하여》 한겨레출판 -

'3년 후 나'를 위해

1. 3년 후 내 나이를 써 보자.

_____

2. 3년 후 나는 어떤 모습으로 성장해 있길 원하는가? 또는 어떤 모습을 유지해 가고 싶은가? 현재 완료형으로 써 보자.

예 : 부모교육 강사와 책 출간 컨설턴트 일을 하며 1인 기업가가 되어 있다 / 아이들과 유머를 주고받으며 치킨을 먹고 있다.

_____

3. 3년 후 나는, 사람들에게 어떤 칭찬을 듣기 원하는가? 역시 현재 완료형으로 써 보자.

예 : "글을 참 잘 써.", "강의를 참 잘 해.", "사람이 변함이 없어.", "우리 엄마 정도면 괜찮은 사람이지."

_____

9. 넓어지거나 깊어지는 일

: 배움

인간은 배움을 통해 과거라는 현상 유지의 단계에서 자신이 열망하는 미래의 단계로 진입한다. 배움은 과거의 자신에게 안주하려는 이기심에 대한 체계적인 공격이며, 더 나은 자신을 만들기 위한 자기 혁신의 분투다.

- 배철현 《정적》 21세기북스 -

배움은 나 자신과 싸우며 힘껏 노력하는 행위이다. 울리지 않는 종은 종이 아니고 행하지 않는 믿음은 죽은 것이고 말하지 않으면 귀신도 모르는 것처럼, 배움은 행위가 뒤따라야 한다.

아이를 바라보는 표정과 아이에게 하는 말투가 휘핑크림을 닮게 되었다든지, 아이의 질문에 답을 해 주고 난 뒤 또 다른 질문을 아이에게 해 주게 되었다든지, "고마워"와 "미안해"라는 말을 아이에게 부끄럼 없이 하게 되었다든지, 이 모든 것이 배움 뒤에 오는 행위들이다.

지금 이 글을 읽고 계신 독자는 자기 혁신을 위해 분투하는 하나의 과정을 겪고 있다. 배웠으나 실천하지 못해서, 배웠으나 변한 게 없어서, 배웠으나 그 배움을 받아들이기 싫어서 자신에게 좌절했던 그 순간마저 배움이다. 그러니 엄마인 우리는 24시간 풀가동 배움의 연속선상에 있다(꿈에서도 아이에게 눈 흘기고 있거나, 엄마가 미안해 고해성사 중일 테니).

우리끼리 하는 말인데, 존경을 표하는 바이다.

나는 깊게 파기 위해서 넓게 파기 시작했다.

스피노자의 말이다. 배움은 나의 진짜 깊이를 알기 위한 넓이 재기다. 넓어지거나 깊어지는 일에 어찌 한숨이 없고 눈물이 없겠는가. 어찌 고독하지 않고 고민하지 않겠는가. 육체적·정신적 고통이 따를 수밖에 없는 배움의 길을 우리 서로 등 토닥여주며 끝까지 걸어가 보자.

끊임없이 배우는 엄마가 되자.

넓어지고 깊어질 나를 위해

1. 내가 생각하는 '배움'이란 무엇인가?

예 : 끊임없이 나를 갱신해 가는 것

_____

2. 가능 여부는 생각하지 말고, 공부하고 싶은 분야는 무엇인가?

예 : 역사 / 앱 개발

_____

3. 배움을 위해 지금 당장 실천할 수 있는 일은 무엇인가?

예 : 역사책 구입하기

_____

10. Me보다 I

: 정체성

우리 집은 연립주택이다. 같은 건물 1층에 살고 있는 옆집 아주머
니께서 계단 청소를 도와 달라고 하셨다. 계단에 부을 물이 들어 있는
페트병 세 통이 보였다. 한 통의 뚜껑을 열어 계단에 물을 부었다.

"아이고, 그거 말고 맨 왼쪽 페트병부터 쓸라고 했는데."

옆집 아주머니가 인상을 찌푸리며 제법 큰 목소리로 말씀하셨다.

"우짜꼬예?"

나는 넉살 좋은 눈웃음과 사투리로 답했다. 계단 청소하는데 쓰이
는 페트병의 순서 때문에 내가 한소리 듣고, 내가 찍소리 못하고, 내
가 더러운 계단 같은 기분이 들게 되다니.

옆집 아주머니는 자기가 생각하고 있었던 일의 순서에서 벗어나

면 불안함을 느끼는 강박증이 문제일까, 이미 다른 일에 스트레스를 받아 있던 차에 자신보다 연배가 어린 나에게 아무 말이나 던지면서 갑질 비슷한 행동을 흉내내 보고 싶었던 걸까, 계단을 더럽게 사용하면서 누구 한 명 자진해서 청소하는 사람이 없는데 이걸 가만 두자니 성격과 맞지 않고 그냥 청소하자니 뭔가 억울하다는 생각이 들었던 걸까.

"어디서 짜증내고 어디서 분풀이 하는 거예요?"라는 말은 용기가 없어 하지 못했고, 이성의 힘으로 하지 않았다. 앞으로 한두 번만 볼 사이도 아니고, 옆집 아주머니와 마주치면 90도로 인사하며 방실거렸던 내 이미지를 한 방에 날리기도 싫었다.

이 날 오후, 도나 힉스의 《관계를 치유하는 힘, 존엄》을 읽는데 '인간이라는 존재가 자신이 중요하지 않은 존재로 취급될 때 얼마나 상처받기 쉬운 존재인지', '우리의 존엄이 침해되었을 때 감정이 다치는 이유'는 무엇인지, '복수하고 싶은 욕구는 문제를 일으키는데 우리는 비난을 하거나 보복을 함으로써 결국 우리뿐 아니라 타인의 존엄까지 침해한다'는 내용

이 있었다. 더러운 계단 같은 기분으로 책을 읽고 있던 나에게 하필인지 때마침 인지 헷갈리게, 글귀에 여러 번 눈이 갔다.

William James
(1842~1910)

19세기 철학자이자 심리학자였던 윌리엄 제임스는 사람에게는 두 가지 속성이 있다고 했다. 그리고 속성의 이름을 '주격 나(I)'와 '목적격 나(Me)'로 정했다. '주격 나'인 I는 자신의 가치는 협상의 대상이 될 수 없음을 알고 존엄을 유지하고자 하며, '목적격 나'인 Me는 나의 가치를 외부에서 확인받고 싶어 하기 때문에 타인의 평가와 행동에 예민한 속성을 가지고 있다는 것이다.

이유를 뺀 결과만 놓고 봤을 때에는 옆집 아주머니에게 보복형 표정과 답을 하지 않은 그때의 나는 Me가 아닌 I였다. 즉, 나와 옆집 아주머니의 존엄을 지킨 것이다. 이 책을 왜 지금 읽게 되었는가에 대해 하필인지 때마침 인지 헷갈리지 않는 순간을 맞이하였다.

나 역시 우리 아들들에게 "지랄하네." 욕을 해 놓고는 엄마만 쓸 수 있는 욕이라며, 니네들은 욕을 해서는 안 된다며, 옆집 아주머니가 보여 주었던 갑질 비슷한 말을 해댔으니, '때마침' 이 책은 나에게 "너나 잘하세요"라고 조용하게 내뱉고 있었던 것이다.

죽고 사는 문제가 아니고, 옳고 그름을 따져야 할 문제가 아니라면 I는 Me를 타이르며 관리해 나가야 한다는 말이다.

자신 내부에서 일관된 동일성을 유지하는 것과 다른 사람과의 어떤 본질적인 특성을 지속적으로 공유하는 것.

에릭슨이 정의내린 '정체성'의 뜻이다. 이를 참고하여 '엄마의 정체성'을 내 식대로 풀어 쓰자면, '지랄발광으로 속이 들끓는 나를 조절하여 우아함을 유지하고 다른 사람이라 부르고 싶은 내 자식의 타고난 특성을 이해하고자 죽도록 노력해 보는 것' 정도 되겠다.

소중한 것을 지키려면 죽도록 노력해야 하는 거구나. 존엄이든 본질이든 사랑이든 책임이든 정체성이든 그러해야 되는 거구나. 쉬운 게 없다. 내가, 그대가, 엄마가 되지 않았어도 쉬운 건 없다. 그러니 그래서 받아들이련다. 죽도록 지켜가야 하는 '엄마의 정체성'을.

아랫입술 쭈욱 내밀어 입김으로 앞머리 불어가며 Me보다 I가 승리하는 횟수가 많아지도록 말이다.

나의 정체성을 지키기 위해

'주격 나'인 I가 '목적격 나'인 Me에게 해 주고 싶은 말은 무엇인가?

예 : "나를 따르라!"

에필로그

'글을 쓸 수 있어서 감사합니다.'

사과 한 입을 베어 무는데, 문득 감사하는 마음이 생겼다. 곧, 울컥했다. 난, 글 쓰는 시간을 좋아한다. 아니, 사랑한다. 사랑에는 이유가 없다지만 한 번 생각해 본다. 왜일까?

글은,
나의 모든 것을 아무런 편견 없이 그저 묵묵히 받아준다.
글은,
누가 쓰라고 해서 쓰는 것도 아니요 누가 쓰지 말라고 해서 쓰지 않는 것도 아닌, 내 마음대로 할 수 있는 행위이다. 백 퍼센트 자유영역이다.
글은,
신이 인간에게만 부여해 주신 귀한 선물이다.
글쓰기는 꽤 오랫동안 나를 달래주었다. 사는 게 힘들어 딱, 돌아버릴 것 같은 순간순간마다 말이다. 이제는 내 삶에 하소연하는 글은 눈에 띄게 줄어 들었다. 어떻게 하면 대한민국 엄마들이 조금이라도 행복해질 수 있을까, 내 글의 모든 동력이다.

이번 책 역시 그러하다.

행복한 엄마가 되자. 믿어야 한다. 엄마 마음이 죽으면 세상이 죽는다. 나와 자녀와 세상을 위해 다시금 힘을 내야 한다. 우리들의 사유와 충전은 육아와 가사의 틈에 숨어 있다. 울고 웃고 베개 집어 던지고 접시 하나 깨 먹고 시체놀이 하다가, 팔이 뻗어질 때에 커피 한 잔과 함께 책의 어느 한 페이지를 펼쳐 보았음 한다.

내 글은 당신 것이다.

그리고 엄마,
고마워.